eye

守望者

——

到灯塔去

Alain Corbin

〔法〕阿兰·科尔班 著

胡陈尧 译

Histoire du silence

沉默史

从文艺复兴到现在

De la
Renaissance
à nos jours

南京大学出版社

在沉默中，总有出乎意料，有令人惊异之美，有可凭美食家的敏锐去品察的音调，有细腻的休憩（……）它倏然出现，了无定式，像是被一种内在之力策动。沉默积淀着（……）它以一种灵动而柔顺的姿态呈现。

让-米歇尔·德拉孔戴

《沉默爱慕者的小颂歌》

费尔南德·赫诺普夫《沉默》,1890

这幅画作阐明了沉默之于象征派的重要性。模特(画家的姐姐)戴手套的手指发出沉默的指令。但其作用不止于此:它邀请观者从外部世界中抽离,并在某种意义上将自己置身于时间之外。

目　录

序　奏

　　沉默不只是声音的缺失。我们几乎已忘却这一点。声音的标识被扭曲、弱化，失去圣性。沉默引发的恐惧乃至惊骇被激化。

　　在过去，西方人曾体会过沉默的深奥与滋味。他们将其视作冥想、自省、静思、祷告、遐想以及创造的条件；尤其视之为话语诞生的内在场域。他们详述沉默的社会性策略，绘画于他们而言即沉默的言语。

　　地点的私密，即房间及其物件的私密，正如房屋的私密一样，均由沉默织构而成。在 18 世纪，感性的灵魂即位，受崇高准则启迪的人类便开始欣赏荒漠中无尽的沉默，并能够倾听来自山岳、海洋与村庄的沉默之声。

沉默表达了爱恋中邂逅的炽烈，抑或是融合实现的条件。它预示着情感的时限。病患的生命、死亡的临近、坟墓的存在都引出一系列沉默，这些沉默在今日却只是残剩。

若不浸入那些有着真正审美追求的作家的作品，对其予以援引，我们又如何能更好地感知沉默？通过品读这些引文，每个人都令其感官经受考验。长久以来，历史都试图解释。但在情感世界面前，它也应该，或者说尤为应该令人感知，特别是在内心世界消尽之际。这便是为何大量启示性的引文这般不可或缺。唯有通过这些文字，读者才得以理解过往的个体感应沉默的方式。

往后，保持沉默变得困难。这阻碍我们听到那平息、安抚人心的内在言语。社会要求我们屈从于声音，从而成为整体的一部分，而非执着于对自我的倾听。至此，个体的结构甚至也发生了改变。

诚然，某些孤独的远足者、艺术家和作家、默祷的信徒、隐于修道院中的男女、坟墓的祭拜者，尤其是相顾无言的恋人，他们找寻着沉默，并对其构造保持敏感。然而，他们就如旅人般，搁浅于海岸被蚀、即将荒芜的岛屿。

我们大可认为，主要问题是城市噪声加剧，但事实并非如此。由于活跃分子、立法者、卫生工作者和分析分贝的技术人员的行动，城市的声音已有所不同，或已不再像19世纪那般震耳欲聋。变化的本质在于过度媒介化与持久的连接，因而也在于无间断的言语之流，它横亘于个体面前，使其畏惧沉默。

在本书中，我们追忆往昔的沉默，追忆找寻沉默的方式，追忆其构造、准则与策略，追忆其丰饶及其话语之力，这帮助我们重新学会沉默，也便是，成为自我。

卡洛斯·施瓦贝《内在沉默》,1908

第一章

沉默与地点的私密

在一些特定地点，沉默悄然展开，无所不在，人们能清楚听到沉默的声音。在那里，沉默以一种柔和、轻缓、连续且匿名的声音形式出现；在那里，我们大可听从保罗·瓦莱里[①]的建议，"聆听这持续的细腻之音吧，那便是沉默。聆听我们所听见的，在一切不被听闻之时"；这种声音"覆盖了一切，这沉默的沙砾……化为虚无。这虚无即耳畔的无垠"。[1]沉默是空气中的一种存在。"沉默是不可见的，"

---

① 保罗·瓦莱里（Paul Valéry，1871—1945），法国作家、诗人、法兰西学院院士，法国象征主义后期诗人的主要代表。——译注（本书脚注均为译注。）

马克思·皮卡德[1]写道，"但显然，它就在那里；它向远处延展，却也在你身边，如此贴近，以至于你感觉它就像自己的身体。"[2]不只思想和观念关涉其中，行为和决断也承受着这深刻的影响。

在这些充满沉默的地点中，尤其突出的是房屋及其厅堂、走廊、卧室以及所有用于装饰的事物，此外，还有某些特殊的建筑：教堂、图书馆、堡垒、监狱……我们将首先选择19世纪和20世纪探讨这些地点的案例；这是关于私密地点的沉默论述得以深化的时代。我们将与冥想和内在性相关的沉默留予后文，该种沉默应允了演说、祷告以及对上帝话语的聆听。

一些房屋呼吸着沉默，而沉默以某种方式浸透了墙面。在我们的时代，画家爱德华·霍普巧妙地诠释了这一点。魁奈，这一巴尔贝·多尔维利[2]笔下已婚教士的住所也是如此：正是"在这一始终被沉默支配的房屋的沉默

---

① 马克思·皮卡德(Max Picard, 1888—1965)，瑞士作家、哲学家。
② 巴尔贝·多尔维利(Jules Barbey d'Aurevilly, 1808—1889)，法国小说家、诗人、文学批评家。

爱德华·霍普《加油站》，1940

站在加油机旁边的男人，以及他的小店，都一并陷入得克萨斯州无尽的
沉默深渊，沉默同时也是等待。

中"，等待松布勒瓦尔归来的主人公尼埃尔·德·奈伍看护着卡里斯特。[3]

在同一时代，沉默也居于乔治·罗登巴赫①作品的中心，例如布鲁日贵族居所的沉默。在城市极端的苦闷中，这些房屋临水而立，其沉默令人窒息，作品的中心人物于格·维亚纳行走于荒僻的街巷，他"重新成为这苦闷的布鲁日沉默而忧郁的手足"[4]。在这里，罗登巴赫将沉默肯定为某种生动、真实而专横之物，它敌视烦扰者。在这座城市里，一切声响都是忤逆，是渎圣、兽性且粗野的。

在朱利安·格拉克②的《沙岸风云》(Le Rivage des Syrtes)中，沉默处于中心地位。[5]它盘踞宫殿——凡妮莎的故居，盘踞整座马雷玛城和首府奥尔塞纳，简言之，存在于所有衰落可被感知的地方。我们将于后文回到这部小说，这部被各式沉默所笼罩的小说。

在房屋内部，不同形式的沉默浸透厅堂、走廊、卧室和

---

① 乔治·罗登巴赫(Georges Rodenbach，1855—1898)，比利时象征主义诗人、小说家。
② 朱利安·格拉克(Julien Gracq，1910—2007)，法国作家、诗人、评论家、超现实主义文学巨擘。

工作间。沉默,这一维尔高尔①最著名的小说《海的沉默》
(*Le Silence de la mer*)中的首要意象,在叔父、侄女和德国
军官维尔纳·冯·埃布里纳克所处的底楼房间中蔓延。[6]
从第三天起,军官感受到了沉默,甚至在进门前对其进行
估量。他开口说话后,沉默便开始延展,"它变得愈加浓
厚,似晨间的雾气。浓厚而凝滞",人物的态度"加重了这
一沉默,使其如灌铅般沉重"。[7]

自那时起,沉默便揭示着故事情节的推进;它成了"法
国的沉默",这是德国军官在百余个冬日夜晚所试图攻克
的。为此,他屈从于"这不可缓和的沉默",任由它占据房
间,"直至覆盖每个角落,如同沉重而令人窒息的沼气"。[8]
这一切都似乎表现出一点:在三位主要人物中,德国人是
最自在的。

数年过去,在亲历种种悲剧并理解法国的抵抗后,维
尔纳·冯·埃布里纳克又回到了这里,自此,他认可了

---

① 维尔高尔(Vercors,1902—1991),本名为让·布鲁勒(Jean Bruller),法国作家、插
画家。

"沉默有益的韧度"，这种沉默再度实现了支配，但它变得"更为模糊而柔和"。[9] 1941 年庄重的沉默已变为抵抗式的沉默。

保罗·克洛岱尔[①]写道："任何卧室都像一个巨大的秘密。"[10] 卧室是沉默典型的私密地点；对它们而言，沉默是必要的。米歇尔·佩罗[②]指出，在 19 世纪，人们对私人卧室、个人空间、庇护所或某个私密且沉默的地点的需求有所上升。[11] 这是一种历史性的诉求。波德莱尔高呼在夜晚藏匿于其房间时所感受到的愉悦。正如他通过引述让·德·拉布吕耶尔[③]而表明的，他能因此逃避"无法独处的莫大痛苦"，这正与那些因害怕"可能无力独自承受"而在人群中奔走的人相反。

"终于！只剩我一人！只听得几辆迟来且疲惫的马车的辚辚声。在这几小时内，我们占有了沉默，即便未能休

---

① 保罗·克洛岱尔（Paul Claudel, 1868—1955），法国诗人、剧作家、外交官。

② 米歇尔·佩罗（Michelle Perrot, 1928—　），法国历史学家，巴黎-狄德罗大学当代史名誉教授。

③ 让·德·拉布吕耶尔（Jean de La Bruyère, 1645—1696），法国作家、哲学家，以著作《品格论》闻名。

憩。终于！人面的专横消失了，我将只需忍受我自己（……）我对所有人不满，也对自己不满，我极度想在这夜的沉默与孤独中赎罪，稍微为自己骄傲一会儿。"[12]

若利斯-卡尔·于斯曼①将同类型的欲求赋予其小说中的多个人物。德·埃桑迪斯被一群几近无言的仆人围绕，这些年迈之人被经年的沉默所弯折。他为自己布置了一个沉默的房间：几张地毯，一面塞有棉垫的地板，几扇涂油的门，以避免听到仆人的脚步声。显然，德·埃桑迪斯幻想拥有一座"礼拜堂式的房屋"，一间仿建的"修道室"，一个"思想撤离"之地，然而，该房间的沉默最终却令他感到沉重。[13]

马塞尔·普鲁斯特让人用软木覆盖其卧室的墙壁，并买通工人，让他们不在楼上的房间里继续本应干的活儿。后来，卡夫卡表达了想要拥有一个旅店房间的愿望，因为这使他能够"独居，沉默，享受寂静，在夜里写作"[14]。

另有作者细致地分析了对卧室中沉默的普遍欲求的

---

① 若利斯-卡尔·于斯曼（Joris-Karl Huysmans, 1848—1907），法国作家、艺术批评家。

根源。通常，其重要性与家庭成员轻微而熟悉的声响所引发的情感联系在一起。在大西洋彼岸，惠特曼颂扬那"在家中静默地将菜肴摆上餐桌的母亲"[15]，里尔克则讲述了"在家中安静的卧室里，被安谧而固定的事物包围，聆听明亮而葱郁的庭院中山雀的啁啾，以及远处村庄的钟响"[16] 所感受到的愉悦。这种愉悦产生于私人空间与某个不定的外部空间的相互渗透。

里尔克勾勒出母亲的到来给孩童造成的一系列沉默："噢，楼道里的沉默，邻屋的沉默，那上方，屋顶的沉默。噢，母亲，只有你啊，身处这一切沉默之前，在我孩提时！你将这沉默背负，你说'勿要害怕，是我'。夜深时，你有勇气做那恐惧之人、那惊愕失色之人的沉默！你点亮一盏灯，那声响，便是你啊……"[17]

在里尔克那里，还有另一种特别的沉默，存于卧室深处——邻屋喧哗停止时产生的沉默："而今，终是沉默了。一种似是痛苦终止时的沉默。这沉默尤为可感，像一处愈合中的伤口，令人刺痒"，它倏然出现，捎来一时清醒。"应细心体会这安宁，因我们无法将其重现。"[18]

爱德华·霍普《纽约的房间》，1940

《追忆》①一书的叙述者对其周围沉默的性质进行了细致分析。他品味着勒格朗丹的露天座里那"沉默俏丽的品格"。关于这一点，有一个并不新奇的例子——莱奥妮姑妈卧室里的沉默："这里的空气浸满了花香，沉默是这般滋养、甜润，以至于我只能携着贪恋步入，尤其是在复活节那周的最初几个早晨，寒意未退，那时的我能更好地品味这沉默，因为之于贡布雷，我是乍到之身。"[19] 在其他部分，我们还看到叙述者如何悉心看护阿尔贝蒂娜卧室里的沉默。

我们会回到巴尔贝·多尔维利《绯红色的窗帘》（Le rideau cramoisi）里展现的卧室内蔓延的细微情色。但目前，让我们仅关注房屋里一系列压抑的沉默，这房屋是真正意义上的沉默王国。情人静候阿尔贝特无声的来访，他窥伺沉睡的房屋中"骇人的沉默"，窃听父母卧房内令人不安的沉默。为避免一切可能的意外，他需尤为谨慎，提防那嘎吱作响的合页门可能发出的声响。在这一点上，阿尔贝特在叙述者卧室内的第一次现身尤具意义，而后者正被

---

① 此处指马塞尔·普鲁斯特的长篇小说《追忆似水年华》。

囚禁于其卧室的沉默之中。街道本身沉默得"像枯井之底"。"我大可听振翅的蝇虫,若是恰巧这屋里正有一只,它应已在玻璃窗的某个角落,或窗帘的某处褶皱里酣睡吧(……)这窗帘悬于窗前,垂坠而静止。"在这"深邃而完整的沉默"中——很适合思考这一差别——忽地,门徐徐张开了缝,阿尔贝特出现了,她被这或许是自己制造的声响惊动。[20]

另一个卧室也浸满了沉默:专注于劳作的年轻女工的卧房,正如维克多·雨果以充沛的情感描写的那般。她的复折屋顶上,系满了劳作、纯洁、虔诚与沉默。在这"黑暗的庇护所"里,"这个贞女,质朴而无忧,她冥想着上帝,并履行其庄重且忠贞的使命,她门前那耽于幻想的沉默已寻得安稳"。[21] 街道上,"从沉默的路牙隐约升起"的风声轻唤着她:"在穹宇下,请纯粹。(……)请沉静。(……)请欢愉。(……)请善良。"[22]

在左拉的《梦》(Le Rêve)中,持久的沉默与近处教堂的钟声对峙,小说的女主人公安日丽格似乎诠释着雨果式的梦。小说的主要场景之一便充满沉默。那晚,当恋人费里西安第一次出现时，"沉默如此绝对"，致使卧室里的声响无处遁形，这沉默烘托出"热切而充满爱慕的房屋"中的声响，后者给予夜的恐惧以灵感。[23]

在名为《牛博士的奇想》(*Une fantaisie du docteur Ox*)的讽刺剧中，儒勒·凡尔纳描绘了虚构的弗拉芒城中彻底的沉默，并将其推至荒诞，这使他能详述那些通常可被捕捉到的声音。由此，梵特利卡斯市长的住所是一座"安静而沉默的房屋，房门不会吵嚷，窗户不会打战，地板不会呻吟，壁炉不会喘息，风标不会聒耳，家具不会碎裂，锁闩不会磕撞，来客也不会发出声响，仅留下自己的影子。哈尔波克拉特斯①想必会将其选定为沉默的神殿"[24]。

20世纪，一位法国小说家着迷于卧室的沉默，顺从于对其分析、使其可感的必要性，显然，那便是乔治·贝尔纳诺斯②。这种感受在阅读《维讷先生》(*Monsieur Ouine*)时

---

① 哈尔波克拉特斯（Harpocrates）是古希腊神话人物之一，由古埃及神明荷鲁斯（Horus）幼童时期的形象发展而来，其造像将手指置于紧闭的唇边，因此被誉为沉默之神。

② 乔治·贝尔纳诺斯（Georges Bernanos，1888—1948），法国小说家、评论家，作品带有鲜明的宗教色彩。

尤为显著。维讷卧室里沉默的构造烘托出人物的性情，"虚无的天才"，空泛、邪恶的天才，"虚空的学究"，"灵魂的同性恋者"，残忍的爬行动物。在这里，沉默传达出绝望。它伴随着死亡，漫长的临终后的死亡。

第一次被领入维讷先生的卧室时，年轻的斯迪尼首先感到自己面对着"狭小卧房中不可思议的沉默，似乎仅围绕某个不可见的轴心缓慢摇摆、转动"。斯迪尼"感到它在自己的前额、胸口和掌心滑动，似水的轻抚"。[25]随后，有几声低语，是远处的哭声。"我们不能说沉默被打断了，但它一点点流逝，随着它偏好的方向。在他身后升起了一种几乎不可感知的颤动，这颤动尚未成为一种声响，超越了它，预告它的来访。"[26]

维讷先生呼告临终的安提勒姆，即女主人的丈夫。"他平静、安稳地讲着，声音轻微得恰能听见，然而菲利普（斯迪尼）——并非没有一种模糊的恐惧——似乎感到同样的沉默在他们四周重组了，这充满生机的沉默似乎只吸收了声音中最粗糙的部分，带来一种声音透明的错觉。"[27]维讷先生自身也是一种沉默，这沉默荼毒了智性，使本性堕落。这在他临终时体现得尤为显著，"维讷先生的呼吸并未惊动狭小卧房里的沉默，只是给予其丧礼般的肃穆"[28]，将死之人吐露了心声："在我孤独的一生中（……）我说话更多是为了不被听闻。"维讷先生的话语在房间里所构建的沉默并未带来任何缓和："尚有许多其他未言明的话，斯迪尼以为在别处听到了它们，它们在阴影处噼噼作响，蠢蠢欲动，像一团蜷缩的爬行动物。"临终时，维讷先生吐出一声轻微的笑，这声音"在沉默上空不远处升起"[29]。

前文提及了关于卧室的庇护、监禁、恐惧、沉默的渗透以及来自外部的低语的不稳定声波，但仅局限于这些是远远不够的。分析卧室的沉默需要关注其装饰、物件，乃至人，人在这里与沉默有着特别的亲缘关系。

构成装饰的事物的沉默话语是"灵魂无声的语言"[30]。马克思·皮卡德写道："每件事物都内含某一实质，来自比指涉该事物的言语更遥远的地方。这一实质，人只能通过沉默来与之相遇。第一次看见某事物时，人保持沉默。他用自身的沉默回应话语产生之前的状态，如同置身事物中；他通过自身的沉默向事物致敬。"[31]事物"开口说话"，乔

文森特·凡·高《在阿尔勒的卧室》，1889

治·罗登巴赫断言，"它用一种沉默的话语表达自身性质，这私密的话语只能被其对话者感知"。作者在其诗作中赞颂了众多沉默地向灵魂诉说的事物。其中，显著的有"始终作为外界共谋的脆弱的窗玻璃"，每个周日，女人的脸紧贴在方格窗上，凝望着空虚与沉默；镜子，"卧室的知音"；老旧的碗橱，"驼背的青铜塑像，在沉默的赞歌中陷入沉思"。在这里，梦境如气泡般拖曳，而"卧室陷入沉默，与这些气泡互逐嬉戏"。当夜幕降临，唯有"吊灯在封闭的沉默中播撒其不满的声响"。罗登巴赫将卧室视为"惰性的沉默排场"。在这里，"沉默那沉思的贞洁"比在别处更占统治地位。

其余很多事物也都沉默地向灵魂倾诉：床头灯；"我们常在沉默中与之交谈"的古老肖像；鱼缸，对外界表达否决的水塘，水在那里逃至"玻璃房的深处"；在珠宝中则是珍珠，"没有存在的实在"。罗登巴赫将灰视作沉默中可被感知的颜色，同样还有布鲁日运河中天鹅羽毛的白，以及夜晚的黑。

他还写道：

房间呵，真正的老者

知晓秘密，知晓故事（……）

被她们藏在，黑色的窗棂下

镜子的心事中。

夜幕中，"无人知晓的秘密沉落了"[32]。

如果说装饰是灵魂无声的语言，沉默本身则对灵魂施以其无孔不入的存在。是沉默催生了被注视之物的光环，这一"存在归为虚无的边界"，因而构成"一种细微的震动，一种沉默的言语"。

某些存在与沉默密切相关。首先是孩童，正如我们所见，他们能感受到沉默如母亲般的存在。马克思·皮卡德写道："孩童像一座沉默的小山丘；沉默似乎顺着孩童向上攀爬……在孩童的言语中，溢出的沉默比声音更多。"[33]许多电影工作者使沉默实现了支配。在菲利普·卡雷尔①那里，孩童引导着沉默，并将其变为领地。[34]

---

① 菲利普·卡雷尔（Philippe Carrel, 1948—　），法国电影工作者，其执导的电影作品多次入围威尼斯影展和戛纳影展。

马克思·皮卡德停留在动物"密集的沉默"上；在他眼中，动物"为人类输送着沉默（……）它们不断将沉默置于人类面前"，它们是"沉默的意象"。然而，动物的沉默是沉重的，如石块般。这沉默"试图以一种野性的暴力挣脱，却始终被束缚"[35]。在动物当中，猫尤为懂得栖身于其所象征的沉默中，电影工作者们充分利用了这一特征。

某些建筑——以与房屋及其走廊、卧室不同的方式——也近似沉默的殿堂，首先便是教堂和隐修院。马克思·皮卡德写道："大教堂围绕着沉默生长。""罗马式的大教堂如物质般存在着。"它似乎"将以其唯一的存在孕育出沉默之墙、沉默之城和沉默之人"。"大教堂如同镶嵌在石块中的沉默"，它耸立着，"像一座盛放沉默的巨大容器"。[36]

于斯曼在其小说，尤其是宗教小说中不厌其烦地描写主人公——如杜尔塔勒——追寻沉默，渴望在沉默中躲藏，且尤其被支配那"荒芜的教堂和黑暗的小礼拜堂"的沉默所吸引。杜尔塔勒居住在卢尔德①，厌弃那现代而丑陋

---

① 卢尔德（Lourdes）是法国西南部上比利牛斯省的一个市镇，是全法国最大的天主教朝圣地。

的大教堂,更喜欢置身于废弃的古老教堂中——"极致的静谧,光线熹微,如此私密,它在平日里几近空荡,从卢尔德新城的人流中抽身,这是何等美妙的藏身之所! 圣体前祈祷的几个女人在椅子上静止而沉默着;没有一丝声响";这是与圣母"在沉默和阴暗中一次柔和而漫长的对谈"。[37]

杜尔塔勒之所以选择定居沙特尔①,是为了感受大教堂,这个被他视为沉默贮藏所的地方。自第一次走入地下室,其期望便得到了部分的满足:"逐渐可以听到鞋的咔嗒声,继而是修女那让人窒息的脚步声;一阵沉默,紧接着便是手绢擤鼻的声响,随之,一切都安静了。"[38]躲藏在塔楼正对面的工作间内,被高大的房屋围绕,杜尔塔勒只听得乌鸦的叫声与钟声在"广场的沉默与废弃中"此起彼伏。"他将桌子置于窗边,他幻想、祷告、沉思、用笔记录",在他看来,在"外省的沉默"中,人们能够比在巴黎更好地工作。杜尔塔勒在沙特尔停留了相当长的时日,他被大教堂无声的魅力所吸引,也为其不完整的沉默而惋惜。当他决意离

---

① 沙特尔(Chartres)是法国中北部的一座城市,厄尔-卢瓦省的首府。

开时，他所惋惜的"正是这大教堂的沉默与孤独"[39]。

在居留期间，他参观了圣保罗的修女院。在那里沉默的走廊中，"人们看到修女那交叠着白色三角织物的衣背，听到其裙子上的铜链黑色念珠撞击钥匙挂兜的清脆声响"[40]。

我们将简略地探讨将沉默与礼拜仪式相联系的部分，因为这一点显而易见。杜尔塔勒自然是通过弥撒时侍童的行为来强调这一点。仪式"缓慢进行着，沉浸在列席者质朴的沉默中，侍童更为专注，也更为恭敬，用手摇着铃；这就像穹顶的烟幕下一束爆裂的火花，在跪倒的辅祭身后，沉默愈加深邃了"[41]。

沉默的建筑有很长一串名单，逐一列举很是乏味。监狱也是充满沉默的地点。沉湎于对患失语症而死的弟弟儒勒的回忆，艾德蒙·德·龚古尔①将其小说《少女艾丽莎》(La Fille Élisa)的第二部分用于描述监狱的沉默对个体的摧毁。阿尔贝·加缪在《局外人》(L'Étranger)的结

---

① 艾德蒙·德·龚古尔(Edmond de Goncourt, 1822—1896)，法国作家，龚古尔文学奖的设立者，与弟弟儒勒·德·龚古尔(1830—1870)并称为龚古尔兄弟。

尾也表述了相同的主题。瑟南古①笔下的奥伯曼躲藏在（国家）图书馆，以克服其于巴黎所感受到的难以忍受的苦闷。在那儿，他表示，"相较于在喧嚷的人群中独处，身处于同样沉默的人群中的我拥有更多的宁静"。图书馆静默的庭院被绿草覆盖，装点着两三座雕塑。"我极少外出，"他补充说，"在这座沉默的堡垒里，我一刻也未停歇。"[42]

让我们回到朱利安·格拉克的小说《沙岸风云》，再次说明，这是一部充溢着各式沉默的作品。阿米劳特，叙述者驻扎的堡垒，代表着废弃船骸的沉默，这种沉默意味着一种"傲慢的敌意"。从头至尾，小说中的沉默都是冰冷的。"空荡的地堡里的沉默，如矿井般深埋于巨石深处的过道内的沉默"，都使这一堡垒呈现出梦的维度。

作者多次返回海图室，沉默的心脏在这里跃动着。在小说开头，海图室沉默得近乎隐修院，但在房间深处，似乎有"某种隐秘且充满生气之物"。从那幅叙述者已端详了

---

① 艾蒂安·彼维尔·德·瑟南古（Etienne Pivert de Senancour，1770—1846），法国作家、哲学家，代表作为《奥伯曼》。

数小时的主地图上，仿佛升起了一阵"轻微的窸窣声"，这声响"占据了封闭的房间及其潜伏的沉默"。这个压抑的房间犹如沉默的林中空地，借助"敬畏号"战船的入侵来挑战沉寂已久的外敌，该决定正萌生于此。叙述者，即疯狂征讨的英雄，在斗争结束后回到工作间的沉静中，其长官已不在那里。在这片"柔缓的沉默"深处，可以听闻大海诱人的低语，像"蜜蜂的声音般唤醒了这幽闭的沉默"。[43] 自此，阿米劳特堡房间里的沉默便反映出挑战，而关于该挑战的决断正是在这沉默的深处萌生的。

地点与喧哗声使灵魂负重。行为和选择承受着这微妙的影响。许多作家都受此影响，并不断返回这一主题，他们对空间的回想正是对内心状态的表达。大自然同样刺激着他们的感官，磨砺其缄默的问寻。

第二章

大自然的沉默

莫里斯·德·盖兰①相信，一些声音使沉默发出回响，并将深邃赋予空间。"回忆，以一种模糊的形式，（因而）在内心的沉默中言说。"1833 年 8 月 14 日，一片"硕大、静止的云，不携一丝褶皱，覆满整面天空（……）借由这一沉默，所有从远方村落升起的声响都汇至耳畔：耕作者的歌谣，孩童的话语，动物的嘤鸣与老调，时有一阵犬吠（……）一片莫大的沉默落定，我聆听着，似有无数温婉动人的回忆之声，从茫远的过去升腾而起，来到我耳边飒飒作响"[1]。

---

① 莫里斯·德·盖兰（Maurice de Guérin，1810—1839），法国诗人，其作品充满对大自然的热情与崇拜。

勒贡特·德·李勒①将光线的流动感知为"天空耀眼的沉默"[2]。相反，马拉美则希望聚集的雾气筑起"一座巨大的沉默之顶"[3]。也许是亨利·戴维·梭罗最为细致地分析了沉默与自然界事物间最普遍的联系。用他的话说，"人的灵魂是上帝的乐队中一把沉默的竖琴"[4]。当于林间或乡下漫步时，他感到"声音几乎与沉默类同了：在沉默表面，一个气泡随即破裂（……）这是沉默微弱的吐息，它仅通过自身制造的反差愉悦我们的听觉神经。在这一反差中，在它使沉默升腾和激化的程度上，（声音）成为谐调与乐章"[5]。这令梭罗得出结论："唯有沉默值得被听闻。"它"有如土地一般，有着不同的深度与肥力"[6]。为了更加明确，他还分析了干草施予沉默的效应，以及苔藓植物的沉默构造。步入贝克田庄的谷仓后，梭罗坐在"窸窣作响的干草"中，他深信是这干草的折裂声使沉默可被感知。[7]在《马萨诸塞州自然史》（*Histoire naturelle du Massachusetts*）

---

① 勒贡特·德·李勒(Leconte de Lisle, 1818—1894)，法国高踏派诗人，其诗作严整而不主观，讲究诗的体裁。

中,他详细观察苔藓植物,进而捕捉其蕴藏的美感,因它们的生命是"沉默与谦逊的印记"[8]。

定居瓦尔登湖,身处村庄深处、森林边缘,梭罗感恩这一日常的财富,使他可以分析那些揭示沉默、缔造沉默的细微声响。鸟声、蛙声,以至树叶声,正是由于这些大自然微不足道的声音,沉默才得以存在。在瓦尔登湖,寻觅沉默无太大意义:它俯首皆是。但为了"享受我们每个人身上那在彼处,或在上方的最为私密的往来",保持自我的沉默是必要的。[9]

在 20 世纪,马克思·皮卡德表达了同样的观点。他写道:"大自然中的事物都充满沉默;它们在那里,像蓄满沉默的容器。"天气本身也浸润着某种特殊的沉默,"每个季节都源于上个季节的沉默"。在冬天,"沉默似乎是某种可见之物";春天,绿意仿佛在树与树之间沉默地传递。[10]

同样,一些电影工作者也表现出对日常沉默的关注,并竭力将其捕捉。尼古拉·克罗茨①认为,美好的电影会

---

① 尼古拉·克罗茨(Nicolas Klotz,1954—),法国导演。

泰奥多尔·卢梭《晚秋》,创作时间不详

创造沉默，而"创造沉默"，如他所言，"完全不等同于闭口不言"。他哀叹如今有越来越多闭口不言的电影，但创造沉默的越来越少。沉默，在他看来，"是世界的伊始"，如今，它却令人恐惧。[11]让·布莱尚①则将其渴求的沉默定义为"一种绵延，关于柔和的有声连续体，以及环境中熟悉的喧哗"，也关于"白日的轰鸣"。在他眼里，沉默是一种氛围，一种"柔和、轻微而连续的声响"，它是匿名的。[12]

在这些总体思考过后，让我们更为详细地分析大自然中那些具有特殊沉默构造的时刻或事物。首先是夜晚——更准确地说是黑暗空间——与沉默的关系。卢克莱修②在《物性论》(De rerum natura)中提到了布满整个空间的"夜晚肃杀的沉默"。在18世纪末，儒贝尔③将这一空间视作"沉默的长文"[13]莫里斯·德·盖兰驻足于夜幕降临的时刻，那时的沉默"将他笼罩"。风缄默不语，矮林里不再有任何声响，包括人的声音，后者"总是最后消失，在

---

① 让·布莱尚(Jean Breschand, 1959—　　)，法国导演、制片人。

② 提图斯·卢克莱修·卡鲁斯(Titus Lucretius Carus, 约前99—约前55)，罗马共和国末期诗人。

③ 约瑟夫·儒贝尔(Joseph Joubert, 1754—1824)，法国文学家，代表作为《随思录》。

田野的表面被抹去。总体的喧哗消尽了"，只余下轻微的笔触声，在覆盖一切的夜的沉默里书写。[14]

夏多布里昂①将夜晚的沉默与月亮的效应联系在一起。"当夜晚伊始的沉默与白日尚余的低语在山丘、河畔、树林和山谷角逐；当森林逐渐安静下来；当没有一片树叶、一块苔藓发出叹息；当月亮悬于夜空，当人耳颇为专注"[15]，就在此时，鸟儿开始歌唱，揭示出夜的沉默。维克多·雨果则在《静观集》（Les Contemplations）中写道："我是有癖性的存在（……）/向夜晚问询那沉默的秘密。"[16]在大西洋彼岸，沃尔特·惠特曼阐明了"沉默的光辉"，忆起那裸露而沉默的夏夜，在向他点头致意[17]……

乔治·罗登巴赫在其诗作中也反复将夜晚、月亮与沉默相联系。他还描写了布鲁日的河流与运河中流水的夜色，这座城市"在厚重的沉默"中酣眠。在这里，夜"将其沉默的首饰掷入悔恨翻滚的水流"。[18]

---

① 弗朗索瓦-勒内·德·夏多布里昂（François-René de Chateaubriand，1768—1848），法国作家、政治家、外交家，代表作为《勒内》《阿拉达》《基督教真谛》等。

加斯东·巴什拉①强调，夜晚放大了听觉的共鸣，这是对色彩的摧毁的补偿。因此，耳朵是夜的感官。形式被包含于黑夜空间，声音则被嵌入沉默中，以一种不可感知的方式来到耳畔。[19]

20世纪，普鲁斯特回到了月光沉默的构造上，在露天座，勒格朗丹沉湎于对阴影及其沉默的赞誉："它在某一时刻来到生命中（……）当眼睛只能容忍一丝光亮，那美丽的夜晚的光（……）当耳朵只能听及月光在沉默的长笛上奏出的乐曲。"[20]瓦莱里表示，在夜的深处，在扎根于本质的地方，那孤独、澄澈而沉静的心灵被黑暗启迪，而"沉默在近旁向它轻诉"[21]。当曙光出现，灵魂感到"在逐渐亮堂之处，最初的喧嚷声在沉默中确立"，甚至那些着色的轮廓也"停落于黑暗中"。[22]

在我们的时代，或许是菲利普·雅各泰②最为敏锐地表述了将月亮与沉默相联系的感觉。起初，他对这几近纯

---

① 加斯东·巴什拉（Gaston Bachelard，1884—1962），法国哲学家、科学家、诗人，被认为是法国新科学认识论的奠基人。

② 菲利普·雅各泰（Philippe Jaccotte，1925—　），法国诗人、翻译家。

粹、于深夜浮现的沉默感到畏惧。[23]1956 年 8 月 30 日,约凌晨 3 点,月光在他的床头升起,沉默是纯粹的,以至于听不到任何声响,无论风声、鸟叫声还是汽车声,惊恐攫住了他,让他难以忍耐。"在这沉默而空虚的静止面前",他感到害怕,他等待"光的登场"。相反,在有月亮的夜晚,沉默似乎是定义空间的另一个名词。星辰改变了大地,使其更为自由,更为透明,更为私密。它将安静与静止赋予景致,直至使"树叶沉默的呼吸"[24]可被感知。

让我们回过头来审视某些特殊的沉默空间:沙漠,这一沉默尤为显著之地。我们将于后文谈到沙漠教父①的经历。遗憾的是,关于这一探讨对象,我们缺乏相应的证明,以悉知他们面对这一空间的情感,那份有别于对上帝的追寻的情感。相反,自 19 世纪起,我们掌握了大量文本,这些文本叙述了个人面对沙漠之沉默的情感经历。因此,在

---

① 沙漠教父是早期的基督教隐士、修道者和僧侣,自公元 3 世纪起,提倡禁欲主义的他们主动离开大城市,到沙漠隐居,过着清贫克己的生活。

法国,夏多布里昂、拉马丁①、弗罗芒坦②、奈瓦尔③、福楼拜,以及两次世界大战间的冒险者与沙漠垦殖者,他们人数众多,表达了置身这一空间时的感受。

夏多布里昂,"用双耳将东方"听闻之人,将东方描述为一种巨大且荒芜、诞生于专制主义的沉默。[25] 在他看来,这种政体使人与世界僵化。在君士坦丁堡,沉默已是惯常。在那里,听不到任何四轮或二轮马车的声音。没有钟响,也几乎没有锻打的行当,"在你们周围,是无言的人群"。除此之外,还有旅行者想象中的宫廷的沉默。刽子手是无言的,用丝带施以绞刑。在帝国里,沉默是生存的条件。亚历山大④也"无情地沉默着"。遍游希腊之际,夏多布里昂已感受到专制的东方世界的沉默,他写道:"斯巴达遗址在我的周围沉默着。"在那里,沉默意味着奴役和古

---

① 阿尔封斯·德·拉马丁(Alphonse de Lamartine,1790—1869),法国浪漫派抒情诗人、作家、政治家,以半自传式诗歌《湖》闻名。

② 欧仁·弗罗芒坦(Eugène Fromentin,1820—1876),法国浪漫主义画家,擅长东方阿拉伯风情绘画。

③ 热拉尔·德·奈瓦尔(Gérard de Nerval,1808—1855),法国诗人、散文家、翻译家,象征主义和超现实主义文学先驱。

④ 亚历山大是埃及第二大城市、最大的海港、历史名城。

希腊精神的死亡。简言之,东方在夏多布里昂眼中就像一个被"抛弃与遗忘"[26]同时胁迫的世界。

在俯临沙漠的耶路撒冷,旅行者赋予了沉默另一种含义,一种并非诞生于专制主义的含义。在犹地亚①,"神迹之地(⋯⋯)沙漠依然因恐惧而无言,自从听闻上帝之声,它便似乎不敢打断这沉默"[27]。在这里,沙漠首先是上帝言语被听闻之地。其沉默不再是屈辱,不再是产生于专制主义的压抑,而是象征着上帝难以言喻的存在。它是审判号角与新耶路撒冷之声前的预感。

通过这些意象和知觉,夏多布里昂引入了沙漠空间的特性。纯粹、特应性、无定性、紊乱的沙漠,矿化、无垠、彻底的贫瘠与空虚的结晶,它呈现出无限感,但同时也颇为致命,因为它是永恒"暗示和隐喻的"表达。[28]它使世界失去真实性。这一切便是19世纪旅行者眼中沙漠的沉默所传达的内容。

拉马丁笔下的沙漠布满了上帝存在的痕迹,居伊·巴

---

① 犹地亚,又译朱迪亚,古代巴勒斯坦南部地区,耶稣在世时是希律王室所统治的王国,也是罗马帝国叙利亚行省的一部分。

欧仁·弗罗芒坦《撒哈拉营地》，1872

特勒米①从中揭示出浪漫派对无限的空间化描述的热衷；在这里，崇高的美学反复塑造着关于沙漠的叙述，"像一台净化器，令主体在与其同类本质的差异中寻得一种真实性，并实现对自我的重塑"。这便是为何沉默在此处是不可或缺的。[29]

> 沉默与孤独中
>
> 沙漠向我倾诉，胜似那人潮
>
> 噢，沙漠！无边空虚中的，天宇的回响！
>
> 这广袤的以色列，与人言说。（……）
>
> 忧愁的沙漠里，他们相对而立，
>
> 与永恒、力量和穹宇并肩：
>
> 无言的三位先知，弥漫信仰的沉默，（……）
>
> 真实的智者啊，在无声诉说。

---

① 居伊·巴特勒米（Guy Barthélemy），法国非洲世界研究所（IMAF）研究员，主要研究方向为东方主义文学。

在费利西安·大卫与科林①的交响颂《沙漠》(*Le Désert*)中,大卫也言及了沉默,但才华稍逊:

> 沙漠中,万籁皆寂;而那神秘啊,
>
> 在这沉默的静谧中
>
> 孤独沉思的灵魂
>
> 听见了悦耳之音
>
> 那是永恒的沉默难以言喻的和弦![30]

居伊·巴特勒米还提到,在沙漠深处,"无限得以彰显,沉默也兼备这一彰显,首先作为对虚空和世界非物质化的诠释,其次也作为对这一神秘无限的进入,这种进入是悖论性的、矛盾的,总而言之,也是神秘的"。灵魂沉浸在"永恒的沉默难以言喻的和弦"中,"每一粒沙都有它的声音"。[31]

---

① 费利西安·大卫(Félicien David, 1810—1876),法国作曲家;奥古斯特·科林(Auguste Colin, 1804—不详),法国政论作者、编辑、诗人。

弗罗芒坦，通晓沙漠的行家，他感知沙漠，并于画作中呈现，这是显而易见的，但我们所关注的是他在《撒哈拉之夏》(*Un été dans le Sahara*)中展示给读者的感官世界，沉默在其中是首要的。那里的沉默是"虚无空间的颂歌"，是"消亡美学"的场域。

居伊·巴特勒米出色地定义了沙漠沉默的特性。在这大荒原深处，感官错乱，"沉默本身也表现为另一种形式"。在那里，"我们不能再将沉默视为声音的对立面，但我们在引导下目睹了一种状态，它引入了现实的另一维度，后者即刻实现了内在化(……)它促成了与现实新的联系"[32]。

沙漠的空虚，"内在感受不可汲尽的蓄水池"，"向未知的世界敞开无尽的渺小声响"，这也就是说，沙漠的广袤将我们矛盾地引向无尽的渺小。弗罗芒坦认为，"沉默是这孤独而空虚之地最微妙的魅力之一"[33]，因它产生于空虚，且获得一种足以激起心灵阐释的密度。在这里，声音于沉默中消散。后者是沙漠情感的本质所在。

《撒哈拉之夏》充满了关于沉默的描述。在杰勒法①，"我四周的沉默是巨大的"，弗罗芒坦在写给巴黎友人的信中这样写道，"沉默向灵魂传达一种平衡，这是深居喧哗之中的你所不知晓的：沉默远未将灵魂压垮，而是将其置于轻缓的思考中。人们认为沉默代表着声音的缺失，正如黑暗代表着光的缺席：这是错误的。如果我可以将耳朵与眼睛的感觉相比较，在广大空间中扩散的沉默更倾向于是一种空气的透明性，它使感观更为明晰，向未知的世界敞开无尽的渺小声响，并为我们揭开一大片难以言表的愉悦"。[34]

在沙漠中，始终是同样的沉默，"一种似是从天空降至事物表面的沉静"。有必要注意到的是，沙漠中的行进永远发生在"最深邃的沉默中"。[35]

在埃及的旅途中，福楼拜并未致力于对沉默的细致分析。后者仅在其记述中占据极少部分，至多被提及了九次。在《埃及之旅》(Voyage en Égypte)中，视觉、嗅觉和触

---

① 杰勒法（Djelfa）位于阿尔及利亚北部，是杰勒法省的首府。

觉构成了写照。福楼拜拒绝书写沉默的效应，这给批评者们制造了疑惑。福楼拜意在别处，皮埃尔-马克·德比亚齐①如是说。[36] 在福楼拜那里，沙漠首先被身体承受。这并非内心世界的投射之地，表达因而被主观地限制在严格意义的最低程度。

20 世纪，圣-埃克苏佩里或许是描写沙漠与其沉默体验的代表。他写道："鳞次栉比的房屋于沙漠中沉默着。"[37] 在沙漠里，沉默由万千种沉静构成。当飞机飞过，引擎发出一种"密集的声响，兀自存在着，在它背后，景物如电影般沉默地掠过"[38]。在飞行员的经历中，最强烈的沉默来自电话线，那沉默意味着飞机及其驾驶员的消逝。[39]

对山岳的喜好，如同对大海的喜好，在 18 世纪随着崇高准则的出现而蔓延开来。当然，这与旅行者的经历以及他们关于悬崖、岩石、雪、冰和沉默的想象有关。索叙尔②在《阿尔卑斯之旅》(*Voyage dans les Alpes*)中歌颂了夜晚

---

① 皮埃尔-马克·德比亚齐(Pierre-Marc de Biasi, 1950—   )，法国作家、文学批评家，福楼拜研究学者，文本发生学研究专家。

② 奥拉斯-贝内迪克特·德·索叙尔(Horace-Bénédict de Saussure, 1740—1799)，瑞士博物学家、地质学家，被认为是现代登山运动的创始人。

卡斯帕·大卫·弗里德里希《雪中的修道院废墟》，1819

来临时高地上的"休憩与深邃的沉默"，但他自认被"一种恐惧"[40]所占据。

旅居弗里堡，在"大地上存有一种游移不定"[41]之时，瑟南古笔下的奥伯曼并未寻得他期待听闻的"沉默之声"。自童年起，他便已感到"无边的欲求"，这欲求"在沉默中衰竭"。[42]然而，通过探索阿尔卑斯，他找到了预感中的大自然。在"其山居小屋的沉默中"，在月光的倒影中，他写道："我听到了另一个世界的声音。"[43]一切都是无言的，似乎只有"浓密的树丛背后那于沉默中静淌的湍流"。烘托出忧郁之感的印象便与这沉默相关。"我们的时日从沉默中逃逸"[44]，如同跌落的水瀑。在山间，阴暗的峡谷是无言的；它始终如此，我们可以"于沉默中试想，世间一切将于明日终结"[45]。

然而，瑟南古的感受在奥伯曼那里表现为一系列关于沉默的颂歌，赞颂山川及其沉默的溪流，赞颂"大山谷""庄重的沉默"，也赞颂于夜晚的黑暗中降临的沉默；在他看来，瀑布的声音矛盾地增添了山峰、冰川……以及夜晚"沉默的持久性"。在山间，有两种常见的小花，"可以说是沉默的，几近无香"，奥伯曼表示，"但它们吸引着我，在一种我难以言表的程度上"：田间的矢车菊，尤其是雏菊，即"草地上的玛格丽特花"。[46]

在整个 19 世纪，我们甚至能够在虚构作品之外发现对山岳的沉默同样的热爱，这种热爱是持续而反复的，甚至令人疲倦。在世纪末，约翰·缪尔①，不知疲倦的探险家——尤其在内华达山脉高地——描述了攀登沙斯塔山时，絮状的白雪在干燥的空气中无声飘落的场景。"在一个宁静的夜晚独居于山间，感受这些来自天空，细小又沉默的讯息里包含的触感，这是值得纪念的经历：无人能够忘却这样的美妙。"[47]

这一文段将山的沉默与对雪的沉默的分析联系起来，那"温柔的睡美人"，被罗登巴赫视为"沉默凝思的姊妹"，能引导我们回归内心世界。

他写道：

---

① 约翰·缪尔(John Muir, 1838—1914)，美国早期环保运动的领袖，其描述加利福尼亚内华达山脉的著作在很大程度上影响了现代环保运动。

如席白雪，

沉默着。我们大可

将心事与之；

亲密知己。[48]

在《爱情的一页》(Une page d'amour)中，左拉献出了他最美的文字：对飘落至墓地的雪的沉默描写，那时，朗博夫人在女儿坟前沉思。"这洁白无尽滑落，愈渐稠密，像丝缕飘扬的轻纱。没有一声叹息。(……)数以万计的絮团(……)逐一停落，未有间断，唤来如此多的沉默，以至于凋去的花朵反倒有着更多的声响；这一涌动使大地和生命被忘却，带来无尽的安宁，而我们无法在这空间里听闻其步履。"[49]

在柏拉图的《欧绪德谟篇》(Euthydème)中，有一段将沉默与话语两相对立的无意义争辩，发生在诡辩家与其对话者之间。其结论是物——尤其是石头——既沉默着，也开口说话。我们可以从中释出物质化且多语的沉默。[50]

米什莱①找寻山岳的忧伤,但并未就此预见其痛苦的沉默。在瑞士境内的莱茵河畔,石灰岩沟壑里,鲜花已无。"只余下岩石。巨大的沉默(……)道路上一片凄冷。"在这里,"侵蚀只能于沉默中更好地进行,以在某个清晨,在褪去的外衣下,显出那丑陋的裸露,而一切都不再往复"[51]。在这里,大自然沉默的劳作于摧毁中完成,侵蚀"没有造福的意欲与能力",然而,在南太平洋,"这无数珊瑚虫沉默的劳作"构筑起未来的大陆,我们或将于此居住。[52]

大海也是沉默的领地,具有特殊的构造。"人们喜爱海上的沉默……,"夏多布里昂在《基督教真谛》(*Génie du christianisme*)中写道,"我们钦慕深渊的沉默,因它来自水的深处。"[53] 约瑟夫·康拉德让《阴影线》(*La Ligne d'ombre*)的读者始终感受到热带远洋平静的悲剧,及其骇人的沉默。在这些海域,沉默"与世界压抑的静止"[54]一致;它是绝望之镜。在船上,人们在数个小时内听不到任何声响,船长预见了船舶的结局,这平静中的死亡,他寻思着:

---

① 儒勒·米什莱(Jules Michelet,1798—1874),法国历史学家,被誉为法国史学之父。

"那一刻来临了，黑暗将于沉默中吞没那坠于船舶的稀落星光，一切都将终结，无一声叹息（……）无一句低语（……）"[55]

操作无声地进行着，仿佛水手只是在可怖的麻木中被吞噬的恶灵。这是完美的沉默，与完美的静止联系在一起。在某一刻，空气致命的惰性变得"如此深邃，以至于一颗别针落于甲板的声响都被听闻"。然而，船的四周，是"大海麻木的沉默"[56]，这使小说隐约与地狱形象相关联，而这同时也是幽灵船主题的再现。

远海的夜里，海豚现身，阿尔贝·加缪在《贴近大海（船上日记）》(*La mer au plus près. Journal de bord*)中写道，"这是原始的海水的沉默与焦虑"[57]。然而，这阴郁的情感不同于提帕萨①的一个清晨给予他的感受。加缪写道："在这光线与沉默中，我于自身听到一个几被遗忘的声音（……）而今我已清醒，我逐一辨认出那些构成沉默的细微

①　提帕萨（Tipasa）是阿尔及利亚北部的一个城镇，提帕萨省的首府，位于地中海沿岸，是一处建于公元前 7 世纪的古罗马遗址，于 1982 年被联合国教科文组织列入世界遗产。

声响：鸟儿持续的低吟，岩石脚下的大海轻柔而短促的叹息，树木的颤动，立柱迷醉的歌声，苦艾的窸窣，鬼祟的蜥蜴。我听及这一切，也听及那涌上我身体的愉悦波涛。"[58]

加缪所听到的海滨树林的感召之力在森林深处重现。森林，在马克思·皮卡德看来，"似一片蓄满沉默的湖泊，沉默从其中缓慢地流入空气；空气（在那里）因沉默而明净"[59]。夏多布里昂提到，在美洲森林深处，当光线暗去，"似有些许沉默接踵而至"。"在偌大的墓地中，我徒劳地聆听那揭示生命的些许声响。"[60]一棵树倒下，激起森林的怒号，而后，声音"在几近假象的茫远处死去了"。凌晨1点，风唤醒声音，"空中的曲乐再度奏响"[61]。随后，夏多布里昂的想象或许将其引向了一幅浓墨重彩的图画，使人感受到正午的烧灼下森林那深邃的沉默。这时，响尾蛇摇尾以唤其伴侣。"这一爱情的讯息是拍打旅行者耳际的唯一声响。"[62]

让我们回到亨利·戴维·梭罗在树林里感知的情感。其中最强烈的来自植物生长的沉默感。冬天，冰霜使大地形容枯槁，"树上冰凌的撞击声柔和而明快"，而"水汽在沉默中升起"。在涤尽罪孽的树林里，大自然"建立起沉默的秩序"[63]。至于维克多·雨果，他喜爱夏天的森林里，"沉默在青苔的丝绒里酣眠"[64]的时刻。

埃米尔·穆兰[①]，沉默晦涩的分析者，援引了苏利·普吕多姆[②]《孤独集》(*Les Solitudes*)中的文字：

> 树林也有其无言的方式
>
> 是梦境携来的眼眸里的晦暗。
>
> 声音的灵魂于其沉默中游荡。[65]

约翰·缪尔被眼前的大树深深触动，他长时间地停留在加利福尼亚巨杉的沉默中；它们从岁月的深远处走来，令人望而却步。它们只向风致意，只思索天际。它们似是一无所知，"孤独、沉默而安然"[66]地挺立。

---

① 埃米尔·穆兰（Émile Moulin，1857—1938），法国政要，晚年致力于诗歌与戏剧创作。

② 苏利·普吕多姆（Sully Prudhomme，1839—1907），法国诗人，首位诺贝尔文学奖获得者。

1920 年，罗伯特·瓦尔泽①在松树林漫步时，感到那里弥漫着"同质的沉默，如在喜悦的心间，在庙宇、迷人的城堡或梦境般美妙的神奇宫殿，在睡美人城堡，一切都沉睡着，维持着经年累月的无言(……)树林里，一切都如此庄严，以至于美妙的幻觉占据了敏感的漫步者。森林柔和的沉默是如此令我愉悦!"在这里，虚弱的些许声响徒增"这沉默的统治，我贪婪地将其摄入，一丝不苟地畅饮、舔舐其效应"[67]。

现在让我们来到最普遍、最常见之地，其沉默也最不新奇、最为平凡:乡村。乡村里的沉默漫步普遍出现在自传、小说以及抒情诗中。18 世纪末，步道漫步在英国各地成为一种惯常，英国女小说家简·奥斯汀，以及后来的勃朗特姐妹和乔治·艾略特，都醉心于叙述与此相关的激动情绪。因此，每天晚上，安·拉德克利夫②的小说

①　罗伯特·瓦尔泽(Robert Walser, 1878—1956)，瑞士作家、诗人，代表作为散文《散步》。

②　安·拉德克利夫(Ann Radcliffe, 1764—1823)，英国女作家，浪漫主义哥特小说先驱，代表作有《林中艳史》《奥多芙的秘密》等。

伦勃朗·哈尔曼松·凡·莱因《暴风雨天气》，1638

《奥多芙的神秘》(*Les Mystères d'Udolphe*)中的圣-奥伯特都在家人的陪伴下漫步乡间,朝一片小渔场走去。他"在歇脚时,(……)向沉默与黑暗致意"[68]。

"下午,我们漫步于沉默中",在姐姐艾美莉陪伴下的勒内①诉说着他们在乡下的漫步,侧耳倾听秋日低沉的呼啸,抑或是枯叶的声音。星期天,"倚在小榆树的树干上,我于沉默中聆听大钟虔信的低语"[69]。弗罗芒坦笔下的多米尼克喜爱那使乡村回归沉默的十月。历史学家居伊·蒂利耶(Guy Thuillier)研究了 19 世纪笼罩尼维内②村庄的沉默,间或有一些安抚人心的声响,以确证农牧活动的有序进行。[70] 在这一年代,劳作之歌是有声图景的主要部分,其目的是通过与环境沉默的断裂来证明劳动的存在。在夜晚绝对的黑暗中,在乡村的孤独中,打断沉默的意愿也是为了安抚心灵。

在《心声集》(*Les Voix intérieures*)中,维克多·雨果将奥林匹欧与"沉默的田野/未经践踏的草地的贞洁"[71]联

---

① 夏多布里昂小说《勒内》的男主人公。
② 尼维内(Nivernais)曾是法国的一个行省,首府为尼维尔,现为涅夫勒省的一部分。

系在一起。而在《静观集》关于树的赞歌中，他聆听、问询那些充满沉默的树木。[72]

当然，在我们探讨的问题上，荒原构成了一个典型。巴尔贝·多尔维利令其读者感受到莱赛①荒原沉默的强度与特殊性。夜里，巨大的沉默笼罩着荒原，以至于在被强盗袭击之时，荒原"似要吞噬我们内心所有可能喷涌的呼喊"。夜晚，叙述者在向导的陪同下越过荒原，两人都沉默不语，叙述者表示："在这成片的雾霭与黑暗中，最令我印象深刻的是空气沉闷的缄默。目不能及的广阔空间在沉默深处闪现。在穿越荒原的路途中，这使心灵和思维负重的沉默从未被扰乱，若不是偶尔几只沉睡的苍鹭，因我们的靠近而振翅飞走发出声响，用泰纳布伊先生（向导）的话说，那就像是世界末日。"[73]在《已婚的教士》中，卡里斯特的葬礼后，"沉默于空中飘荡，并再度支配了村庄"[74]。

我们已经谈论过毗邻沙漠的东方城市，以及布鲁日贵族的居所，这些都是言及城市沉默的典型案例。但关于后

---

① 莱赛（Lessay）是法国芒什省的一个市镇，属于库唐塞区莱赛县。

者,我们只勾勒出城市本身沉默的部分。在乔治·罗登巴赫看来,在城市深处,沉默与夜晚、老码头、运河以及河水联系在一起,也正如我们所看到的,与贵族的居所相关。"黯然沉默的街道"[75]列于布鲁日城中心,而"诀别之水(在这里)凝滞得像死者沉默的发带"。[76]

(在比利时的城市中)匀质的沉默清冷地游走;

蛮横、衰弱又怠倦,(……)

最细小的吵嚷

都制造纷乱,都唤来反常

如熟睡的病患身畔的笑面。

因那里的沉默真实可感!它统摄着,

专横肆掠,如疾痛蔓延;

庸碌的行人为之浸润

如沐教堂之乳香。(……)

啊!城市,这盛大又单调的沉默(……)

　　如此广袤，如此清冷，以至于那令人讶异的

　　是于这虚无周遭的幸存。[77]

　　但显然，还有另一些都市，它们呈现出的沉默构造略有差异。19世纪的法国小说家热衷于令读者体验外省小城镇里的沉默，那里通常是教会所在地。巴尔扎克最早将外省城市作为创作主题，这些城市是过往时代的象征，因死亡和历史的萦绕而沉默，孑立于现代性浪潮之外。盖朗德，《贝阿特丽克丝》（*Béatrix*）开篇章节的故事发生地，可被视作一个典型。巴尔扎克曾暗示或多次言明的沉默浸透在关于城市、杜·甘尼克一家的房屋以及居住于此的老人的描述中。才进入盖朗德城，沉默便扑面而来："画家、诗人端坐着，专注于品味那暗门新拱穹下的沉默，城市平静的生命未挟裹一丝声响。（……）这城市作用于灵魂，如同镇静剂之于身体，它与威尼斯同样沉默。"所有来到盖朗德的艺术家、市民都会萌生短暂的欲望，即择此沉默中终老，巴尔扎克这样写道。杜·甘尼克一家的房屋位于"一条沉默、潮湿而阴暗的小巷尽头"。老主人缄默不语；因

"这沉默是布列塔尼人的性格特征之一。(……)这深邃的沉默象征着矢志不渝"。它与花岗岩有着同样的属性。在从 6 点开始的晚间,"沉默愈渐深邃,可以听到钢针的声音",那是屋主八十多岁的老姐姐在忙纺织。当拜访杜·甘尼克一家的神父回家时,人们听到他沉重的脚步,"在城市的静默中,神父的家门因关闭而发出回响时"[78],这脚步声方才遁去。

在《人间喜剧》(*La Comédie humaine*)中,盘踞主教座堂四周的主教城印证了这些城市的沉默。在图尔,修道院院长皮罗托居住在一间在他看来不可思议的套房里,该套房位于普沙雷特大街尽头的一栋房屋二楼。阴暗、潮湿又寒冷,这栋房屋"始终被包裹在深邃的沉默中,打断这沉默的只有钟声(……)或是寒鸦的鸣叫"。在这间套房里,神父尤爱他工作室内的"沉默与安宁"[79]。"沉默、寒冷、闲散、利己",妮可·莫泽[①]用这些词来概括巴尔扎克笔下外省城

---

① 妮可·莫泽(Nicole Mozet),巴黎七大名誉教授,巴尔扎克研究专家。

卡斯帕·大卫·弗里德里希《海边的僧侣》,1810

市的特征；而作品中的人物，正如皮罗托神父一样，与地点保持着和谐。[80]

　　所有巴尔贝·多尔维利的读者都会对瓦洛尼①广场夜间沉默的构造记忆犹新，《莱图什的骑士》(Le Chevalier des Touches)的开篇便是这样的描述，当"8点半钟"敲响："一双木拖鞋的声音，似乎因恐惧或不好的天气而显得局促不安，扰乱了荒凉而沉闷的卡皮西纳广场上的沉默"，像是"绞首架的荒野"，不久前有人在此被缢死。[81]

　　至于20世纪，我们大可详细回顾朱利安·格拉克《沙岸风云》里城市的沉默，那是真正的"沉默迷宫"，瘟疫的沉默、衰颓的沉默、威吓的沉默。小说的结尾是对在沉默中体验的情感的描述，这沉默是神奇的，它属于奥尔赛纳这座沉睡之城夜间的街道，阿尔多走出宫殿时将其丈量，"在夜的沉默里，在裸露的城墙外，时有轻柔之声从低矮的城市升起，那是流水的声音，是远方车辆迟滞的行进——清晰而又诡谲，似是不安的睡眠者的叹息与躁动，或是荒岩

_____

① 瓦洛尼(Valognes)是法国芒什省的一个市镇，属于瑟堡地区。

因夜晚的寒冷而发出的不均匀的爆裂声"[82]，这与今日皮埃尔·桑叟①关于巴黎布里德耶大街的描述形成鲜明对比，后者被其奢华以及沉默的安逸质地所笼罩！[83]

大量证据都凸显遗迹特殊的沉默质地，仅依靠这些沉默，我们便能潜入其过往的岁月。夏多布里昂将帕尔米拉遗址②视作"沉默的居所"。关于这座遗址，他表示，"死亡，因其触及不朽之物而如此诗意，因其沉默而如此神秘"[84]。在马克思·皮卡德看来，斯芬克斯③"可追溯至沉默最为强烈的年代，如今它依旧屹立，在所有沉默都已消逝后，其势汹汹，伺机扑向声音的世界"。夏多布里昂还表示，埃及的雕塑——以一种更为普遍的方式——"彻底地顺从于沉默"，是"沉默的俘虏"。[85]

然而，是那些所谓"听觉遗址"使夏多布里昂敬畏不已。这涉及对往昔的三大沉默的呈现与追忆：埃斯科里亚

---

① 皮埃尔·桑叟（Pierre Sansot，1928—2005），法国人类学家、哲学家、社会学家。

② 帕尔米拉遗址是叙利亚境内"丝绸之路"上的著名古城，集叙利亚、阿拉伯、希腊、罗马风格为一体，于 1979 年被列入世界遗产名录。

③ 此处指斯芬克斯狮身人面像，位于今埃及开罗市西侧的吉萨金字塔墓区。

尔修道院、罗亚尔港和索利尼①的沉默。因此，夏多布里昂
热衷于使人听闻拉特拉普修道院"水塘里往日的沉默"。
无人能再像两个世纪前一样，体验它，欣赏它。夏多布里
昂感受到了这一沉默，并将其言明。在 17 世纪中期，1847
年前，"人们能于正午寻得午夜般的沉默"[86]。

　　尽管如此，在夏多布里昂看来，索利尼才更称得上是
一个寻回往日沉默的绝佳地点。在那里，耳朵得以尽情释
放。对沉默和声音的考古式重建成为可能，因某些当下的
感觉可于此处觅得行迹。然而，这一尝试显得尤为困难，
因为 19 世纪的沉默被暗中围绕着，围绕它的是一段更近
的历史，对其意义的某种调整和重新阐释，其具有的新的
社会价值，其所诠释的新的开放形式，以及其经受的意义
篡改。一段新近的记忆搅浑了对往日沉默的理解与怀念。

---

①　埃斯科里亚尔修道院：位于西班牙马德里市西北约 50 公里处的瓜达拉马山南坡，为
　　修道院、宫殿、陵墓、教堂、图书馆、慈善堂、神学院、学校八位一体的庞大建筑群，有
　　"世界第八大奇迹"之称，1984 年被列为世界文化遗产；罗亚尔港：位于中美洲牙买
　　加岛，1538 年西班牙人在岛上建立西班牙城，后于 1670 年割予英国，英政府将岛上
　　的罗亚尔港作为海盗基地，抢来的金银珠宝堆积成山；索利尼拉特拉普：法国奥恩省
　　的一个市镇，境内有拉特拉普修道院，是 17 世纪严规熙笃会改革的中心。

维克多·雨果却有着相反的预感。在《心声集》中，他试想三千年后被摧毁的巴黎的景象，并尽力想象那围绕其遗址的沉默性质。他设想有一人，坐在俯瞰城市的山丘之上：

> 噢，上帝啊！是怎样的悲怆与沉默
>
> 让这巴黎故土惊愕了他的双目！[87]

第三章

沉默的问寻

对沉默的问寻是多样、古老、普遍的。这一问寻渗透整个人类历史：印度教教徒、佛教徒、道教徒、毕达哥拉斯信徒，当然，还有基督教徒、天主教徒，或许还有东正教徒，他们感受到了沉默的必要性与裨益；此外，需求超出了神圣与宗教的范畴。因此，我并不具备足以阐明这一多样性的能力。但我们也不能就此将其全然忽略，在西方，它是沉默史的根源所在。我们将仅限于 16 世纪和 17 世纪的某些问寻。那些体验到沉默欲求的人以明确或模糊的方式，对其进行了引述。

在那个年代，沉默是人与上帝间一切联系的必要条件。冥想、默祷，乃至任何形式的祷告，都需要沉默。自古以来，寺院传统便传播着一种冥想技艺，这一技艺在 16 世纪走出隐修院，并于此后成为一种向世俗开放的内在纪律。古代的道德哲学发轫于此，如塞内卡①和马可·奥勒留的道德哲学，人文主义者应对此悉知。这所有的一切都宣扬着与涣散的斗争，宣扬精力的集中，以及一种密切依赖沉默的问寻。这一促成沉默的内心祷告通俗化的过程位于沉默史中心，马克·福玛罗利②对此有详尽叙述。

早在 1555 年，耶稣会神父巴尔塔萨·阿尔瓦雷兹③就已写出《默祷录》(*Tratado de la oración de silencio*)。在他看来，对天主临在的祷告使人达至默祷，"因此，在内心，万籁俱寂，了无烦扰，在沉默中我们只听及上帝之声，他在训导，在默启"；这便是为何应"于沉默与宁静中"将其

---

① 塞内卡(Sénèque，约前 4—45)，古罗马政治家、斯多葛派哲学家，代表作为《道德书简》《俄狄浦斯》等。
② 马克·福玛罗利(Marc Fumaroli，1932—)，法国历史学家、文学批评家，法兰西学院成员。
③ 巴尔塔萨·阿尔瓦雷兹(Baltasar Álvarez，1534—1580)，西班牙天主教神秘主义者，圣女德肋撒的忏悔神父。

迎接。[1]

多明我会教士路易·德·格勒纳德①提倡一种内心祷
告法,这种方法既影响了嘉禄·鲍荣茂②,也影响了圣斐
理·乃立③,后者是奥拉托利会④的创立者。该方法旨在构
建一幅"沉默的内心图景",勾勒出"基督的行为那可见、可
感的轮廓"。"罪孽的自我与神圣场景间的交谈(因而)被
建立",通过手势、目光,基督与图景中的其他角色"沉默地
呼吁着对自我的回归"。在路易·德·格勒纳德看来,这
种不断重复的内心祷告创造出一种"沉默运动"的习惯,渗
入所有行为当中。[2]

此外,在这一时期,依纳爵·罗耀拉⑤的思想产生了最
显著和深远的影响。然而,他的启示正基于沉默。"上帝

---

① 路易·德·格勒纳德(Louis de Grenade, 1504—1588),西班牙多明我会教士、作家。
② 嘉禄·鲍荣茂(Charles Borromée, 1538—1584),文艺复兴时期欧洲神学家,罗马天主教会枢机。
③ 圣斐理·乃立(Philippe Néri, 1515—1595),意大利神父,因于罗马建立奥拉托利会而闻名。
④ 奥拉托利会(La Congrégation de l'Oratoire)是天主教在俗司铎组成的修会,由天主教圣徒圣斐理·乃立于 1575 年在罗马创立。
⑤ 依纳爵·罗耀拉(Ignacede Loyola, 1491—1556),西班牙贵族,天主教耶稣会创始人,16 世纪天主教反宗教改革运动中影响最大的人物之一。

完善、练习、履行着他的事务，这一切都只能在造物主与创造物之间建立起的沉默中实现。""那走近并触及其造物主的创造物"，居于沉默中。[3]

定居加泰罗尼亚的曼雷萨①，依纳爵·罗耀拉保持着每天七个小时的内心祷告。在与他人共同进餐时，他习惯从不讲话，而是聆听，进而通过宾客的话语来维续饭后与上帝的交谈。[4]

神操（exercice spirituel），在他看来，是冥想、祈祷、检视自我意识，并致力于"地点的沉思"的方式。这需要沉默，"夜操"自然也是如此。有一个例子可以帮助理解这于沉默中进行，且将想象活动囊括在内的操练：依纳爵·罗耀拉写道，当我们吃饭时，"试想我们目睹了耶稣基督与其使徒共同进餐。注意他是如何吃、如何喝、如何看、如何说的"[5]。

在一篇关于祈祷方式的长文中，依纳爵·罗耀拉详述了如何使话语与呼吸相协调，进而达至宽慰，战胜那由恶

---

① 曼雷萨（Manrèse）是西班牙加泰罗尼亚巴塞罗那省的一个市镇。

威廉·克拉斯·海达《水果馅饼静物画》,1644

灵招致的苦痛。事实上，恶灵"带着声音与震动闯入灵魂"，天使则安静掠过，"于沉默中"。[6]

这让我们联想到了神秘主义者。十字若望[①]认为，上帝的宁静与孤独构成了安谧的夜，他强调沉默在神秘冲动中的重要性。"在上述夜晚的安静与沉默里，在这对圣光的辨认中，灵魂揭示出（……）某种与上帝的联系。"一种音乐般崇高的和谐建立起来，它"胜过世间所有曲乐与旋律"，这音乐被灵魂称作"'沉默之乐'（……）因为这是一种平静而祥和的认知，没有声音的嘈杂，我们因而能品味音乐的柔和与沉默的静寂"。"这音乐的沉默对于感官和自然力量是徒然的，而对精神力量而言，却是一种尤为响亮的孤独。"[7]

此外，十字若望还说明了对"上帝隐匿的智慧"进行沉思的裨益："没有话语声（……）如同在夜晚静寂的沉默中，不为一切敏感而自然的事物所知，上帝训导着灵魂。"[8]简言之，精神的沉默是上帝降临灵魂的必要条件。它"取消

---

① 十字若望（Jean de la Croix，1542—1591），西班牙神秘学家、诗人、加尔默罗会修士及神父，公教改革的主要人物。

了所有理性与推论的活动，因而使对上帝之语的直接感知成为可能"[9]。

　　关于沉默与神秘主义，我们同样可以停留在亚维拉的德兰①的经历与作品上，尤其是她关于"灵心城堡"的描述。在那里，上帝只能通过"灵魂之耳"，在黑暗的时刻，于沉默中被触及。

　　加尔都西会②的戒律——查尔特勒修会的戒律——正是基于沉默和孤独，且有特定的书本教育作为补充；这能使其修士依附（inhaere）于上帝，如杰拉尔·谢③所写的那样："用整颗心、整个灵魂和所有的力量。"[10]加尔都西会戒律与习俗中的外部沉默只是实现内部沉默的方式，即精神（mens）和心（cor）的沉默。因此，涤净了所有世俗的念想，

---

①　亚维拉的德兰（Thérèse d'Avila, 1515—1582），又译耶稣的德兰，旧译德肋撒或圣女德肋撒，在华人天主教会中被称为大德兰。西班牙天主教神秘主义者、加尔默罗会修女、反宗教改革作家，与十字若望一同创建了赤足加尔默罗会。

②　加尔都西会，又名查尔特勒特修会，是一个封闭的天主教教会，由圣布鲁诺于1084年创立。该教会是一个群居的隐修会，兼收男女，修士必须独居一室，终身严守静默，只准许每周六聚谈一次。在每年40天的封斋期间，仅能以面包和清水为食，故又有"苦修会"之称。

③　杰拉尔·谢（Gérald Chaix, 1947—　），法国历史学家，欧洲宗教科学研究所理事会会长。

精神便只面向上帝。尽管戒律所要求的外部沉默只是实现这一关系的方式，但它同孤独一样，仍应被严格地遵循。同样，为了阅读那些教导沉默和虔信的作品，雄辩术的学习被弃置。杰拉尔·谢总结说，这一孤独与沉默的典范完美地适应了宗教改革时代，但在之后逐渐偏离正轨，查尔特勒修会的修士就仿佛是"上帝的沉迷者"[11]。

在 17 世纪，正当外部世界与沉默分离时，两位杰出人士赋予了沉默在冥想方法中的极端重要性：博须埃[①]，以及更为彻底的德·朗塞[②]神父，严规熙笃隐修会的改革者。前者在其作品中多次提及沉默的伟大与必要性。博须埃将自己的劝导基于《启示录》中的一段话：当天使揭开第七封印[③]，天国中是极端的沉默，在这沉默中，"天使们向至高

---

① 雅克-贝尼涅·博须埃（Jacques-Bénigne Bossuet，1627—1704），法国主教、神学家，以讲道和演说闻名。

② 阿尔芒·让·勒·布迪耶·德·朗塞（Armand Jean le Bouthillier de Rancé，1626—1700），法国神父，严规熙笃隐修会的先驱之一。夏多布里昂最后一本著作《朗塞传》的主人公。

③ 在《启示录》中，上帝的计划被写在具有七个封印的卷轴中。上帝让羔羊揭开七个封印，揭开后分别出现白马骑士、红马骑士、黑马骑士、灰马骑士、祭坛、天象、七位天使，分别象征着人类将迎来的多重灾难，其中第七封印的揭开预示着末日审判的来临。

无上的上帝致以其敬意与爱慕。天国中天使们这神秘的
沉默意味着什么?"博须埃寻思,"任何创造物,无论在天国
或是大地上,都应处于这沉默中,闭口不言,为了爱慕和敬
仰上帝的伟大";于是便有了这样的训导:"时而表现出
这样的沉默吧,像天使们一样"[12],"您绝不会后悔保持了
沉默"[13]。

在这致莫城圣于尔絮勒会①修女的劝导中,博须埃表
示:"只有在沉默中,在对无用且消遣的话语的削减中,他
(上帝)才会通过其启示与恩泽造访你们,才会让你们的内
心感受到他的存在。"[14]这一类劝导的说教中都包含同一主
题。该主题使人联想到圣雅各的话,他要求所有人都能马
上听闻,却不即刻言说。[15]"为了从内心聆听上帝之声,应保
持沉默和完美的静修"[16];他还劝诫圣于尔絮勒会的修女
们,"因缺乏沉默,人类酿成了可悲的损失"[17],言说的欲望
与上帝相悖。在修道院内,"沉默的缺乏造成了对仁慈的
一切过错"[18]。除了对彼拉多的教导,耶稣在受难过程中

---

① 圣于尔絮勒会是圣安吉拉·梅丽茜(Angèle Mérici)于1535年建立的天主教会,该
教会致力于对修女的教育以及对患者和穷人的看护。

皮耶罗·德拉·弗朗切斯卡《分娩的圣母》,1476—1483

画中的沉默与母性相关,因其表现出一种安详;罕有的描绘怀孕的圣母的画作。

"利用了持久的沉默",效仿他吧,博须埃嘱咐道。如此多
言说的欲望是从何而来？他自问着。这些欲望妨碍了对
自我的回归。[19]

很多例子都印证了这些启示。在《圣本笃的第二回颂
词》(*Second panégyrique de saint Benoît*)中,博须埃写道,
在"恐怖而骇人的沙漠的孤独中,藏匿(盛行)着一种令人
生畏的沉默,仅有野兽的叫声才能将其打断"[20]。上帝给予
它"荒芜且无人居住的土地、沙漠、沉默、孤独(……)、阴暗
而恐怖的洞穴"[21],是为了使其逃离早年的恣肆。后来,圣
伯尔纳铎①在 22 岁时加入了修会,他变得"异乎寻常地热
爱隐秘与孤独"。考虑到十字架令耶稣闭口不言,他表示:
"我也将以沉默判处自己。"[22]在明谷②,当一些修士认为隐
修院"漫长而极端的沉默"过于严酷时,圣伯尔纳铎对其会
士说:"如果他们细心考量上帝对话语的严苛审视,缄口不
言对其而言便不是难事。"[23]

———————————

① 圣伯尔纳铎(Saint Bernard,1090—1153),天主教熙笃会隐修士,明谷隐修院院长,被
尊为中世纪神秘主义之父,也是杰出的灵修文学作家。
② 明谷(Clarvaux),又译克莱尔沃,法国奥布省的一个市镇,圣伯尔纳铎在此修建了第
一间隐修院。

在献给莫城圣于尔絮勒会修女的《沉思录》（*Méditation sur le silence*）中，博须埃有更为明确的分析。在他看来，存在三种类型的沉默："戒律的沉默、交谈中审慎的沉默，以及矛盾中耐心的沉默。"[24] 30 年间，耶稣只说过一次话，那是在圣殿中。"他之所以不开口，是为了教导人们保持沉默。"[25] 在隐修会中，戒律规定了或长或短的沉默时段。一些人"（甚至）保持着持久而深邃的沉默，从不言说"。事实上，修会的创始者认为"沉默削减了众多罪孽和缺陷"。他们还"预见了没有沉默，虔信和祷告精神将不复存在"[26]。总之，为保持修士或修女间的仁爱、和睦、团结，沉默是必要的。博须埃补充说，当我们想要改革修道院时，应从沉默着手，消除"交谈的欲望"。

践行审慎的沉默，即避免有悖仁慈的错误，并表现出"理智的谨慎"。践行耐心的沉默，即"在上帝眼前沉默地忍受"。因为"是沉默将我们的苦难与不幸神圣化"[27]。在这一点上，应联想到耶稣在受鞭笞和戴荆棘冠时的态度。我们曾说基督是"沉默的罹难者"。他在受难过程中证明了这一点，并为之祝圣。[28] 沉默将愤怒庇护，它是战胜报复欲念最简单的途径，也是控制"好奇欲"的方式；博须埃总结说："坚定地保持沉默，你们就会战胜所有的欲念。"[29]

在索利尼，德·朗塞神父将沉默安置，并使其延展开来，他的第 29 条训导便针对于此。博须埃的许多训言都与他的朋友德·朗塞神父的信仰相契合。在后者看来，沉默与孤独相协调，没有沉默，孤独将是徒然。沉默与忏悔相关，并许可了与他人的分离。它表达出决裂、超脱。它是忘却自我的条件，是抛弃个人忧虑的证明。特别地，沉默是祈祷的条件，是倾听上帝之声的准备。它使神操成为可能，使人接触到话语之外的语言：内心的语言，彼世的语言，天使的语言。

此外，朗塞还使人确信沉默与关于虚空派[①]的思考间的一致性。它令人在平日里更好地衡量时光的流逝。它预言了坟墓的出现。因此，它通往永恒，那压倒一切时光的永恒。这便是为何夏多布里昂将德·朗塞的沉默视作

---

① "虚空派"来源于拉丁语 vanitas(虚无)一词，意指一种象征主义的艺术形式，与之关联最密切的是欧洲弗兰德斯地区的静物画以及 16—17 世纪的荷兰艺术风格。虚空派的绘画作品常以头骨、腐烂的水果、衰败的花、钟表、沙漏、乐器等物件为意象，揭示出生命的短暂、欢愉的虚无，以及死亡的不可避免。

可畏的：因其长度与深度。在临终时刻，神父大喊："我的生命只剩下几刻钟，对此我所能做出的最好的事，便是在沉默中度过。"[30] 他没有食言。

上述内容让我们联想到了虚空派，该艺术形式在 17 世纪颇为盛行。在这一时期，虚空派表达了大量关于生命、死亡和永恒的思考，而这些思考都于沉默中进行。阿兰·塔皮耶[1]写道，北方的虚空派是忧郁的，在现代虔诚派运动[2]的轨迹中；南方的虚空派则是热烈、沉醉的。众多画家都证明，或至少提醒着生命是一场幻梦，强调创造物的无意识与虚无。在这些以各自方式表达预知的哀悼的画布上，一系列图案随处可见，其中有大量静物，呈现出处于休憩、静寂与沉默中的自然。虚空派绘画的目的是使人惊愕，同时也通过自身的沉默进行说教。[31]

中世纪中期，一场争论出现了，关于沉默与教会服务

---

[1] 阿兰·塔皮耶（Alain Tapié，1948—　），法国里尔美术宫前馆长，著名策展人。

[2] 现代虔诚派运动（devotio moderna）是欧洲的一次宗教改革运动，由荷兰人格鲁特（Gerard Groote）倡导，14 世纪末始于荷兰，后传入法国、德国、意大利和西班牙等地。该运动提倡禁欲、虔诚的内省式苦修生活，反对将教会世俗化，对欧洲近代基督教虔敬生活和罗耀拉等人的禁欲理论产生了重要影响。

之益处的对比，即沉思的理想与使徒职务的履行间的对比。这一争论源于福音书上耶稣造访玛莎和玛丽娅一家的叙述。前者滔滔不绝、忙前忙后，后者则缄默不语、保持凝视。因此，基督徒们便面对着这样一个问题："是应在天主脚边保持沉默，冥想其存在以及话语中丰富的内涵，还是尽力去履行各项事务，为他和他的门徒们效劳？"[32]在路加[①]看来，耶稣似乎倾向于第一种选择，耶稣说道，"玛丽娅选择了更好的部分，那将不会从她那儿被夺走"，基督的态度又一次赋予了沉默以价值。

争论没有就此了结。玛丽娅的部分适用于修士，玛莎的部分则归属在俗教士，即现世生活的繁重劳动。然而，通常看来，玛丽娅的部分是最好的：静修的生活及其沉默显得更胜一筹，因为它们被引向终结，并在永恒的生命中寻得圆满。然而，正如方济各会修士的例子一样，解决方案在于两种情况的交替。[33]

---

① 路加，希腊人，《圣经·新约》中《路加福音》和《使徒行传》的作者，其职业是医生。

皮耶罗·德拉·弗朗切斯卡《耶稣复活》，约 1460

　　让我们横跨两个世纪。导演莱昂·波瓦里埃①将他概述查尔斯·德·富高②一生的电影命名为《沉默的呼唤》(*L'Appel du silence*)，而非"沙漠的呼唤"；这便是为何我们在本章节中讨论这个例子，我们本可在上一章就将其提出。皈依后，查尔斯·德·富高居住在阿尔代什③的雪圣母院，后来在奥斯曼叙利亚的阿克拜做了一段时间的初学苦修会士。他始终着迷于拿撒勒，并于那里的一座棚屋中归隐。简单地说，他的宗教修习扎根于两段沉默之中，他对此曾反复强调。

　　在他生动且丰富的著作中，祷告、夜晚与沉默密切相连。在他皈依不久后的一个夜晚，耶稣似乎在对其言说。他听到耶稣让他开始"与沉默的玛达肋纳④，与我沉默的母

---

① 莱昂·波瓦里埃(Léon Poirier, 1884—1986)，法国电影导演、编剧、电影制片人，以其拍摄的无声电影闻名。

② 查尔斯·德·富高(Charles de Foucauld, 1858—1916)，法国探险家、地理学家、天主教牧师，于 1916 年被暗杀，被天主教会视为殉道者。

③ 阿尔代什(Ardèche)是法国罗讷-阿尔卑斯大区所辖的省份，首府为普里瓦(Privas)。

④ 即玛丽亚-玛达肋纳，又译抹大拉的马利亚，是《圣经·新约》中耶稣的女追随者，罗马天主教、东正教和圣公会都把她视作圣人。

亲以及沉默的若瑟①"³⁴共同生活。查尔斯·德·富高长时间发掘着沉默的价值。当他在拿撒勒时,耶稣又一次对他说:"在这三十年间,我从未停止对你的教导,并非通过话语,而是通过我的沉默。"³⁵至此,我们便可理解查尔斯·德·富高的最终目的地所在。为了接受上帝的恩泽,他需要穿过沙漠,"需要心中怀有这沉默"³⁶。沙漠的呼唤于他而言即沉默的呼唤。他的信件揭示出这一信念:1901年7月17日,查尔斯向一名特拉普派修士写信表示,"在沉默中,我们爱得最热烈;声音和话语时常会熄灭内心之火——让我们沉默吧(……)像圣玛达肋纳那样,像圣施洗约翰②那样,请求耶稣在我们心中点燃,那使他们的孤独与沉默如此幸福的炽热之火"³⁷。我们将于后文谈及拿撒勒,如查尔斯·德·富高所体验的那般。暂且让我们留心一点,查尔斯·德·富高成了撒哈拉的隐修士,自1904年起

---

① 若瑟是《圣经·新约》中耶稣的养父,圣母玛利亚的净配,被天主教会传统敬奉为圣人。新教译作"约瑟"。

② 施洗约翰是撒迦利亚和以利沙伯的儿子。因其宣讲悔改的洗礼,且在约旦河为众人以及耶稣施洗,故得此名。

他便定居在塔曼拉塞特的图阿格雷人①那里，并于 1916 年在那里被暗杀，但他从未停止讲述沙漠的沉默所带来的幸福。因此，1906 年 7 月 15 日，他写道："这片沙漠于我而言是如此温柔（……）旅行，离开这孤独与沉默，于我是困难的。"[38]他坦言自己始终追求的是"拿撒勒的生活"，孤独与沙漠中的生活。[39]

相较于天主教徒，东正教的神学家给予沉默更为决定性的地位；但可惜的是，要阐明其思想与经验的复杂性将过于冗长。我们将仅了解一个大概。基督无法言喻的安宁由沉默编织而成。信徒应穷极一生追寻这沉默，为实现这一目的，他需要聆听沙漠教父的声音。上帝是不可认识的，应向他致以绝对的沉默；我们至多有可能浸入那将其包围的沉默之中。通过神秘的经验，灵魂潜入"沉默的黑暗"中。由此出现了一条路径：首先于沉默中进入自身灵魂，弃绝世界，再于沉默中走近上帝，总的来说，便是主动

————————

① 图阿雷格人（les Touaregs）是非洲撒哈拉沙漠中的一个游牧民族，柏柏尔族的支系，分布于阿尔及利亚、利比亚、尼日尔和马里几个北非国家中，人口近百万，以其独特的语言和文化闻名于世。

令心智模糊。当然，修道生活是达至这一沉默的捷径，那意味着与思想抗争，意味着弃世，忘却自我。米歇尔·拉赫希①写道："基于它（沉默）而弃绝，以表明自身存在，这样的人是沉默的。"[40]在这苦行之中，时常有泪水淌下；这便是为何我们可以用沉默神学和眼泪神学的概念来定义上述内容。

将对沉默的问寻局限在促进对上帝的聆听，以及神秘经验的欲望范畴内，是十分片面的；本书的其他章节印证了这一点。许多问寻都处于宗教范围之外，或在其边缘进行。很多人赞同玛格雷特·帕里②的观念："我们若想要实现真实的人生，就必须在内心筑起一座沉默的隐修院。"[41]这构成了瑟南古作品的主旋律：只有"在情感的沉默中，我们才能注视自我的存在"，奥伯曼如是说。[42]亨利·戴维·梭罗在日记中多次将森林的沉默同思考以及幸福的深化联系在一起，我们无法逐一列举。在《论道德的谱系》

---

① 米歇尔·拉赫希（Michel Laroche，1943— ），法国作家、东正教神学家、主教。

② 玛格雷特·帕里（Margaret Parry），英国作家，用英语和法语写作，主要研究莫里亚克、柏格森作品以及跨文化交流，是欧洲莫里亚克协会的创立者之一。

(*Généalogie de la morale*)中,尼采表示,为使新事物更易被接受,保持沉默是必要的。

梅特林克①或许比其余任何人都更热衷于颂扬沉默的美德,并提倡对其进行研究;我们将在关于爱情体验的章节中详述这一点。在他看来,"超越即死亡",可被感知的世界保持着彻底的神秘。但在内心黑暗的深处跳动着某种未知之物,"不是明亮的光",如那些伟大的神秘主义者扬言在深夜里目睹的闪耀,而是"某种未知的东西,如那偶尔来我们夜晚的沉默中安坐的天主所留下的神秘证物"。[43]

在 20 世纪,弗朗西斯·蓬热②将松树林的沉默誉作植物教堂中那有助于默祷的沉默。而提埃里·洛朗③则认

---

① 莫里斯·梅特林克(Maurice Maeterlinck, 1862—1949),比利时著名象征派剧作家、诗人、散文家,1911 年获得诺贝尔文学奖,代表作有《青鸟》《盲人》《佩利亚斯与梅丽桑德》等。

② 弗朗西斯·蓬热(Francis Ponge, 1899—1988),法国当代诗人、评论家,以对事物、语言乃至世界的独特感知在法国及世界文坛引起了广泛的反响,代表作有《采取事物的立场》《大诗集》等。

③ 提埃里·洛朗(Thierry Laurent, 1959—),法国学者,主要研究方向为 20 世纪法国文学。

为,在今日,对沉默的需求影响着帕特里克·莫迪亚诺①的作品。[44]后者将沉默呈现为一种宽慰,一种掩饰绝望的计策。由此得出一种极为珍贵却又难以获得的品质,即懂得保持沉默。

更简单或更通俗地说,沉默的问寻表现为对沉默地点的追求。我所暗示的是于斯曼小说中杜尔塔勒所致力追求的[《在那儿》(*Là-bas*)、《上路》(*En route*)、《大教堂》(*La Cathédrale*)、《献身修道院的俗人》(*L'Oblat*)]。波德莱尔和普鲁斯特亦是如此,我们在作品之外见证了这一点。今日,正是这一需求推动着"静谧连锁酒店"(Relais du silence)的旅客,这是一家确保旅客享有沉默的连锁酒店,而这也证明了沉默变得何等珍贵。

---

① 帕特里克·莫迪亚诺(Patrick Modiano,1945—),法国著名小说家,因其作品"唤起了对不可捉摸的人类命运的记忆"获得 2014 年诺贝尔文学奖,代表作有《暗店街》《星形广场》《八月的星期天》等。

第四章

沉默的习得与纪律

在希腊神话中,神明哈尔波克拉特斯将一根手指置于唇上。通过这一手势,他要求沉默。在历史上,关于沉默的指令多样而又普遍。这要求一定的习得,因为沉默不是与生俱来的。梅特林克写道,一些人"没有沉默,并将身边的沉默抹杀;而他们是唯一真正不被关注的存在",因为"我们无法准确定义那永不闭口之人。他的灵魂似乎没有面容".[1]重要的事物往往都在沉默中成形,沉默的习得因而变得尤为重要。为了它们能最终浮现,学会沉默是必要的。"尝试在一天的时间内管住你的嘴;第二天,你的计划与职责都会更加明晰!"[2]相反,话语往往是阻塞和终止思考的艺术；思考只于沉默中进行。出于种种原因，我们畏惧沉默，梅特林克反复表示，我们将生命中一大部分时间都用于寻找沉默缺失的场所。

沉默的习得及其实现方式被记录在字典中，并得到详述。《19世纪拉鲁斯通用大辞典》（*Grand Dictionnaire universel du XIXe siècle*）列举并注释了相关纪律以及对这些纪律的违反："保持沉默""命令沉默""要求沉默""强加沉默""监督沉默"，以及相反的，"打破沉默"。有专栏作者指出，在拜占庭宫廷内，沉默督查官的任务便是对沉默的监视。

当然，保持沉默的指令关涉一些特定的场所：教堂，小学、初中和高中，军队……以及某些与谦恭、礼仪和服从有关的情景。直至今日，沉默不仅占据了教堂、庙宇、清真寺的内部，还通常存在于这些建筑的周围。在教堂里，沉默象征着敬畏、自制和控制冲动的能力。正如我们所看到的，它使人避免分心和精神涣散。宗教仪式本身也是关于沉默和规避一切躁动的操练。在教堂内部及其附近，小孩应避免讲话，尤其是大声喊叫；特别是侍童，他们已习惯于宗教仪式场面所要求的自制。

一种特别的身体文化强化了对沉默的需求。崇拜的姿势表明了这一点，正如朝向圣餐台的行进。自 19 世纪下半叶起，无休止的崇拜仪式要求对沉默的严格操习。信徒，通常是青少年乃至孩童，教会中学的学生，必须独自在教堂或建筑的礼拜堂里沉默地进行崇拜，圣体则安置在圣体光内。该练习结合了沉默的掌控与姿态的习得，可以持续一个小时。

在弥撒、晚祷、静夜颂和圣体降福过程中，指示仪式时刻的信号包含了集体指令，规定了极为深沉的静默时刻，而这同时也是有关姿势的指令。在教堂之外，同样的纪律也适用于仪式队伍的行进。因此，夏多布里昂在《基督教真谛》中写道，在基督圣体圣血节，沉默——因其为数众多——将信徒占据。这沉默不同于"高举圣体的虔敬沉默"。"时而，人声与鼓乐渐歇，那沉默如寂静白日里的大海般庄严，涌动于这聚集的人群中。只能听得他们在充满回响的路面上的整齐脚步声。"[3]

天主教的崇拜活动中还存有另一种强烈的沉默：圣周

五与复活节主日钟声之间的沉默。大量证据都证明了其引发的情感,正如宣告耶稣复活的声音所催生的情感一样。在拉特拉普,为使操练有节律,钟声的沉默要求棘轮的使用,后者更不引人注目。

自进入现代社会后,教学、宗教以及后来的世俗机构中便有了对沉默的要求。沉默被认为是对教师的尊重,是避免涣散的自制体现,同时也是专注的条件。事实上,闭口不言使人能更好地倾听。此外,阿兰①表示在 1927 年,沉默与笑声一样,具有感染力。因此,需要竭力使沉默战胜其敌手。[4]让-诺埃尔·吕克②指出,在 19 世纪,对沉默的习得从幼儿园便开始实行。[5]

拿破仑时期中学里的钟声、铃声或鼓声划分出了沉默与自由言谈的时段。自 18 世纪到 20 世纪中期,关于沉默的指令已不仅限于准确意义上的课堂,还包括食堂里的就餐时间,以及宿舍内的休息时间。在宗教性场所,上课、进

---

① 阿兰(Alain,1868—1951),原名为埃米尔-奥古斯特·沙尔捷(Émile-Auguste Chart-ier),法国哲学家、记者、和平主义者,代表作有《论美学》《论幸福》等。
② 让-诺埃尔·吕克(Jean-Noël Luc,1950—),法国历史学家,主要研究领域为教育史和国家宪兵史。

食与睡眠前的集体祷告也于沉默中进行。在米歇尔·福柯看来,此类纪律,以及会受到严酷惩罚的违抗,都被包含在于这些场所实行的"严酷技艺"中。

军队中亦是如此,时至今日,"行伍的沉默"依旧是一种惯习。在该领域,学会于沉默中忍耐是一种荣耀,同时也是身处那公认的"伟大的沉默"[①]中的一种必要。

在这各类机构中,不合纪律的话语和喧哗,与所有对沉默指令的违反一样,都被视作秩序失常的重要征兆。此外,在任何领域,都有一系列指令对可能说出的内容做出限制,并规定不可说出的内容。在要求沉默的仪式中,"沉默一分钟"很有必要,在我看来,其历史尚待研究。该研究是将宗教行为转移至宗教场域之外。在这对沉默去神圣化的过程中,我们都能同时寻得相同的指令与相同的违抗。

字典的作者们列举出几个世纪内其他的一些沉默义

[①]　"伟大的沉默"(grande muette)在法语中是军队的代名词。在法兰西第三共和国初期,服兵役期间的公民和军官均不享有投票权,原因是共和党人对军方的不信任,因此军队便有了"伟大的沉默"的称号。

奥迪隆·雷东《闭合的眼》，1890

除了画家想要表达的女人的"忧虑的梦"，这幅画作也描绘了通过闭上双眼对内心语言的聆听。

务,但他们所谓的"沉默的法则"通常指代对秘密的守护。在他们看来,这一行为存在于通过誓言来规定沉默的隐秘社会中,在共济会的学徒中,在作恶者之中。这一类指令不属于我们的研究范畴。

与此不同的是礼貌准则,或普遍意义上的礼仪所规定的沉默纪律。19 世纪的"礼仪指南"对礼仪进行了广泛的传播,在法国最为通用的是斯塔芙女爵①的版本。[6] 她表示,小孩应在大人面前保持沉默,尤其是当大人说话的时候。在几个世纪中,仆人在未经主人允许的情况下都应避免讲话。在乡下,雇佣农民与其雇主间的关系亦是如此。对这些准则的任何违抗都制造出一种或具有喜剧性的错乱,正如莫里哀多部喜剧所表现的一样。

在这些日常沉默的规定之外,风俗文明至少从文艺复兴时期便开始兴盛,诺博特·伊里亚思②对此进行了强调,

---

① 斯塔芙女爵(Baronne Staffe,1843—1911),法国女作家,原名为布朗什-奥古斯丁-昂日尔·斯瓦耶(Blanche-Augustine-Angèle Soyer),斯塔芙女爵是其笔名,因畅销书《世界的惯例:现代社会的礼仪准则》而闻名。

② 诺博特·伊里亚思(Norbert Elias, 1897—1990),犹太裔德国社会学家,提倡用社会过程的概念来重新审视社会学方法,代表作为《文明的进程》。

这一文明表现为层出不穷的沉默指令，并伴随着规范的内在化。提埃里·加斯尼耶在其杰出的论文《器官的沉默》（*Le silence des organes*）中表示，关于打嗝、放屁以及所有使器官运动被感知的行为（还包括性快感）的禁忌逐渐传播开来，以至于在 19 世纪，人们将女人因忌讳在公共场所放屁而造成的紊乱称作"绿色病"。[7]因此，肉体的语言从此关涉行为与言词的沉默；自那时起，关于体内气味的谈论被视作对礼仪的妨害。玛丽-露丝·杰拉尔[①]写道："关于气味的身体语言趋向一种准则，它有关沉默与尝味行为的消失。"[8]这类纪律还可延伸至对一系列行为以及对物品触碰的禁止。在格奥尔格·齐美尔看来，自 19 世纪起，在公共场所大声打招呼被认为是一种侵犯。

19 世纪初，面对人群偏好的喧嚷，能够闭口不言、保持沉默是体现个体差异的过程，正如练习"半声"[②]一样。闭口不言同样也表明我们乐意倾听；在这个充满私密与亲和

---

① 玛丽-露丝·杰拉尔（Marie-Luce Gélard, 1971—　），法国人类学家，巴黎五大人类学讲座教授。

② 半声（mezzovoce）是声乐演唱技巧之一，即不使用强烈的气息，而用轻声、自然的方式演唱，声音优美而富有感情。

力的世纪,懂得倾听之人的沉默显得尤为珍贵。自 17 世纪中期以来,保持沉默成了使巴黎有别于外省的礼节。

19 世纪中期,关于监狱理论有一场激烈的争论。在被称为"宾夕法尼亚派"的牢房制度①的支持者们看来,隔离关押必然规定了持久的沉默,而奥本制度②的支持者则要求犯人在群体中生活和工作,但必须在集体场合保持沉默。人们认为沉默自身包含着回归自我的希望,这是罪人改过自新的条件。因此,沉默既是惩罚,对话语自由的剥夺,也是在未来重新融入社会的条件。

自 18 世纪末起,懂得闭口不言、保持审慎成了不断扩张的私人领域的基础。这一领域基于秘密,或至少基于对秘密流传的严格限制。沉默场域的形态即群体形态的写照。

---

① 即宾夕法尼亚制度,又称"独居制",是 19 世纪美国宾夕法尼亚州首先采用的一种监狱管理制度。根据制度要求,犯人应被关押在单人牢房中,除看守人员和偶尔的来访者外不得接触他人,从而在严格的独居和沉默条件下进行悔改。
② 奥本制度又称"沉默制",是美国纽约的奥本监狱实行的一种监狱管理制度。根据制度要求,犯人在白天一起劳动,夜晚单独监禁。在集体劳动时,犯人必须保持沉默,禁止任何形式的交流。

卡斯帕・大卫・弗里德里希《云海上的旅行者》,1818

在许多群体内部,沉默是权力的工具。"拒绝听到和看见他人,阻止其留下踪迹,即将其判处一种虚无的形式。"[9]这在圣西门所描绘的宫廷社会中有鲜明的体现。在这一点上,应思考历史学家们的沉默及其扼要的表述。这有时是源于史料的匮乏,有时则是对记录历史的拒绝。无论如何,他们都应通过掌握的资料思考这缄默的意义。

尽管时间难以断定,关于沉默的指令与纪律在当代已有所变迁和陷落。同样,还有沉默意欲的变形,可享受沉默的地点的改变。许多直至那时尚归于沉默的益处都被抹除,逐渐地,感知沉默的方式也发生了转变。

19世纪初以来,与这些变化一同出现的是西方世界对声音和喧哗的忍受门槛的降低。基于此,关于沉默律令的历史变得极端复杂。19世纪的前几十年,在西方大城市,尤其是在巴黎,声音的景象——与乡村景象相反——由无休止的喧哗构成,人们对声音的容忍度极高。进入现代社会,手工业或商业的贩卖声制造出持久的喧嚷,来自艺人或手摇风琴演奏者的街头音乐尚未得到管控,发出噪声的机器被安置在各处,在车间里,在棚铺中。

雅克·莱昂纳尔①对这一声音世界进行了研究，揭露出存在于巴黎房屋楼层间的锻打行当。教区教堂、修道院、教学机构的钟响也参与到这喧哗之中。街道上的运输货车震耳欲聋。

然而，从 19 世纪中叶起，对声音的忍受门槛降低了。对沉默新的诉求逐渐体现在新近制定的规则中。慢慢地，职业的贩卖声弱化了，但在 20 世纪中期前尚未完全消失。19 世纪 90 年代寄送的明信片仅承载着对"古老职业"的怀旧，而这些职业在不久之前还占据着有声空间。街头音乐，正如奥利维耶·巴拉伊②提到的里昂的情况一样，得到了越加严格的监管，房屋内部的喧闹活动亦是如此。[10] 在社会精英中间，喧哗与普通民众的行为联系在一起，被认为是粗俗的，因而变得越加难以容忍。

舆论呼唤着沉默。新的规章被制定，新的纪律被提出。在演出厅内，尤其是音乐厅中，人们开始要求沉默，但

---

① 雅克·莱昂纳尔（Jacques Léonard），加拿大教育家，魁北克省政要。
② 奥利维耶·巴拉伊（Olivier Balaÿ），法国建筑师，里昂国家高等建筑学院教师。

这一进展是缓慢的。1883 年,摄影家纳达尔①发起了对钟声的抗议,尤其是针对清早的钟声。[11]他将其喧哗定义为一场名副其实的"锅炉厂暴动"。在瑞士,人们被动员起来反对犬吠声。在各处,时至今日,人们都抱怨打破晨间沉默的鸡鸣。

对司法记录的分析印证了感官的转变,以下两个例子足以说明这一点。在七月王朝时期,一些蒙托邦②的面包商习惯在深夜高歌,激励自己工作,这引发了邻人的不满;后者的意见被驳回,因为对这些劳动者生产活动的良好运作而言,歌唱显得很有必要。相反,有一名马车夫,在夜间穿过城市时吹响了号角,因而受到惩罚:就其职务而言,他的做法似乎不是必需的。

自 19 世纪末起,轮胎平滑的声音逐渐取代了马车和马蹄声。然而,新的声音信号,工厂的汽笛声,汽车的喇叭

---

① 纳达尔(Nadar,1820—1910),本名为加斯帕尔-费利克斯·图尔纳雄(Gaspard-Félix Tournachon),法国摄影家、漫画家、记者,因运用摄影技术为多位 19 世纪名人留下肖像而闻名。
② 蒙托邦(Montauban)是法国西南部城市,南部-比利牛斯大区塔恩-加龙省的省会。

声，都制造出直至那时还尚未被人知晓的喧嚣。这类声音有其捍卫者。20 世纪初，路易吉·鲁索洛①和意大利的未来主义者们夸耀机器和汽车的声音，还包括战争武器的轰隆声。前者认为高速汽车或弹丸的声音胜过《贝多芬第五交响乐》。[12] 相反，我们却看到这些新的声音图景迫使一些敏感的散步者去到教堂的沉默中躲藏。

总的来说，声音图景的深刻变化支配着沉默的历史，并引发了对沉默的追求。自 20 世纪初起，格奥尔格·齐美尔指出，在火车和电车上，旅行者们通常都保持着沉默的对视，这与此前有所不同。从 19 世纪中期开始，闲逛者和许多忙碌的行人都不再喜欢被叫唤，大型世界博览会的众多参观者也都遵守秩序，这已不同于往昔喧闹的场景。在 19 世纪 90 年代的巴黎，大幅的布告占据了墙面，报亭和三明治人②也如雨后春笋般出现。[13] 所有这一切将街道变成了阅读的空间，使先前以昭示存在为目的贩卖声变得

---

① 路易吉·鲁索洛(Luigi Russolo, 1883—1947)，意大利画家、作曲家，未来主义运动的重要成员。

② 三明治人(homme-sandwich)指身体前后均背有广告板，在大街上走动的宣传者。这一"职业"最早出现在 1820 年前后的伦敦，目的是避免支付固定展牌的税费。

勒内·马格里特《光之帝国》,1954

所有这一切都彰显着沉默的存在。马格里特用超现实主义的
笔法绘出了光的法则,增添了感官的反差。

徒劳无功。或许仅剩下了卖报人的叫嚷与小贩的吹嘘。

然而,第一次世界大战改变了沉默的意义、范围和结构。工业化战争是声音的地狱,是巨大的喧嚣,纠缠不休且从未间断:武器和军号声、愤怒与痛苦的呼号、垂死者的喘息,这些声音相互交织,直至 1918 年 11 月 11 日那盛大、绝对的沉默,这也有力地证明世界已进入战后时期。

从前,任何沉默都是慰藉,甚至愉悦,是"开启一种难以实现的休憩的密匙"。在战壕中,声音醒来,沉默睡去。时而会有一种"沉默矛盾的烦扰",因为沉默是一种反常。这是马尔科 · 德 · 加斯丁[1]在《法国兵的焦虑》(*L'Angoisse du Poilu*)中所提及的。对于努力求生之人,"学习破译声音与沉默是日常工作的一部分"。亨利·巴比塞[2]在《战火》(*Le Feu*)中写道,在袭击中,"在巨大的炮声里",我们能极好地分辨"我们周围的子弹这不寻常的沉默"。在战场上,声音的回响是独特而奇异的。在这战争

---

[1] 马尔科·德·加斯丁(Marco de Gastyne, 1889—1982),法国画家、插图家、导演。

[2] 亨利·巴比塞(Henri Barbusse, 1873—1935),法国作家,法国社会主义现实主义文学的代表人物之一,其反战小说《战火》荣获龚古尔奖。

的时代,沉默与死亡的现实以及哀悼的经历密切相关,例如那伴随着丧钟的漫长沉默。在几十年间,沉默都是 11 月 11 日纪念仪式的节奏。[14]

城市中的标语牌也从那时起表达出对沉默的诉求。最具代表性的便是标注着"医院:肃静"的标牌。既然我们已提到这一机构,就应回顾始于 20 世纪中叶的那场革命。直至那时,叫喊声在医院中仍被广泛容忍,在基督教关于赎救之痛的价值观被不言明地接受的范围内。然而,在当代的医院,痛苦的叫喊属于丑闻,并同时反映出医生的失败和病人自制力的匮乏。

相反的是,在 19 世纪仍显得难以忍受的性高潮声在今日已成为众多电影和电视表演的桥段。19 世纪的警察记录下了人们对此的抱怨,尤其是当叫声由妓女发出时,而这也证实了变化所在。[15]

让我们重点考察当前的时代。在火车内高声说话被认为是一种妨害,因为旅客们渴望沉默。直至 20 世纪中期前,情况还并非如此,在车厢内的交谈是正常的,甚至是礼貌的表现。同样,飞机旅途中的沉默也受到赏识;打断沉默被认为是不礼貌的举动。电影院里亦是如此。

这些对沉默的诉求是否意味着对声音容忍门槛的降低？远非如此。那些白天在交通路途中要求并享受沉默的人，有时正是前天夜里在夜总会或音乐剧院中忍受强烈声响的人，这些声音在人类历史发展的那一阶段尚是新奇之物。一切都似乎表明，沉默及其带来的裨益只是一种间歇性的需求，取决于时间和地点。

第五章

间奏：若瑟与拿撒勒或绝对的沉默

一个人,若瑟,以及一个地点,拿撒勒,两者的沉默密切相连;这一沉默是绝对的。耶稣的养父在《圣经》中保持着彻底的沉默,他是沉默的主人。在四福音书中,他只字未言。当耶稣与众经师停留在耶路撒冷的圣殿中时,玛利亚和若瑟因耶稣走失而惊慌不已。然而,对耶稣予以斥责的是母亲而非父亲。在伯利恒①,若瑟闭口不言。当他在梦中接到天使的口谕,要求他出发去埃及时(《马太福音》2章13节),他保持着彻底的沉默,一言不发地予以服从。

---

① 伯利恒,又译白冷,巴勒斯坦中部城市,是耶稣的出生地,基督教圣地。

若瑟在拿撒勒的死亡是沉默的。简言之，若瑟在《马太福音》中用沉默回应一切与之相关之物。他的沉默是倾听的内心，是绝对的内在性。他穷极一生凝望着玛利亚和耶稣，其沉默是对话语的超越。

博须埃在致若瑟的两回颂词中描绘了沉默的庄严与谦卑，而若瑟印证了这一点。在博须埃看来，拿撒勒既是地点，也象征着时间，沉默伟大的时间。没有其他任何地方能携带着如此多的力量和沉默的情感在时间中沉淀。

在拿撒勒的沉默中，查尔斯·德·富高或许是最长时间冥思的人。他意欲将沉默置于其宗教思想的中心。在作品中，他不断表示希望使自己的生活成为"拿撒勒"的生活，即谦卑、贫苦、劳作、顺从、仁慈、静心和冥想的生活。为了更好地体验，他尝试解释这一晦暗生活的沉默。玛利亚和若瑟意识到了自己所拥有的宝贵财富，他们闭口不言，为了能在一种隐秘生活的孤独与沉默中将其占有；没有人曾像他们这般将沉默践行。

某日，查尔斯·德·富高听到耶稣对他言说，提醒其生命已走过十一分之十："我从未停止对你的教导，并非通

乔治·德·拉·图尔《木匠圣若瑟》，1638—1645

《圣经》从未记载若瑟的言语，他代表着沉默绝对的深度，他在这里所面对的是耶稣的神性。

过话语，而是通过我的沉默。"[1]他认为那时的耶稣尚在母亲体内，但崇敬的沉默应已达至顶点。在查尔斯·德·富高看来，玛利亚和若瑟自认为无法更好地拥有"将其享有的权利（……）在这般完美的沉默中"[2]。圣诞临近，查尔斯·德·富高思考着玛利亚和若瑟的生活，那分担"静止而沉默的崇敬，爱抚，殷切、虔诚而幸福的照料"[3]的生活。当夜色降临，他再次试想，玛利亚和若瑟回到耶稣的摇篮前，沉默而幸福地安坐。

第六章

沉默的话语

通常,沉默是话语——在下一章节将谈到的策略性用途之外——是与大声的言说相互竞争的话语。"语词阻碍沉默的言说",尤内斯库①在其《零碎日志》(*Journal en miettes*)中写道;安托南·阿尔托则表示,"事物的灵魂不在于语词中"。[1]

"我们只在未曾生存的时刻言说",梅特林克写道,"真正的生命,那唯一留下些许踪迹的生命,只由沉默构成",正因其"阴暗之力",沉默才唤起我们如此深重的恐惧。[2] 灵

---

① 欧仁·尤内斯库(Eugène Ionesco, 1909—1994),罗马尼亚及法国剧作家,法兰西学院院士,荒诞派戏剧的代表作家之一,代表作有《秃头歌女》《犀牛》等。

魂的语言是沉默。在夏尔·杜·博斯①看来，一个根本性
的问题被提出——我们会回到该问题上——即用语词表
达这一语言。

话语可谓来自沉默的整体，沉默赋予其合法性，加布
里埃尔·马塞尔②这样写道。此外，他还强调了"沉默超越
时间的特质"[3]。在马克思·皮卡德看来，产生于沉默的话
语"在与沉默失去联系时变得衰弱"，当它"离开沉默，离开
沉默的整体"时，话语只是这一整体的另一面，一种回响。
"在沉默中，话语屏住呼吸，并再一次被原始的生命填满"，
"在每句话语中，都有某种沉默之物昭示着话语的来源"，
而"当两人交谈时，始终有第三者在场：沉默，它聆听着"[4]。

"改头换面后的话语，即沉默。任何话语都无法于其
本身存在；它仅通过自身的沉默而存在。它是最细小的语
词内部不可分割的沉默"，皮埃尔·埃马纽埃尔③在《平行

---

① 夏尔·杜·博斯(Charles du Bos, 1882—1939)，法国作家、文学评论家。
② 加布里埃尔·马塞尔(Gabriel Marcel, 1889—1973)，法国哲学家、剧作家，与萨特并
　称为法国当代两大存在主义思想家。
③ 皮埃尔·埃马纽埃尔(Pierre Emmanuel, 1916—1984)，本名为诺埃尔·马修(Noël
　Mathieu)，法国诗人。

革命》(*La Révolution parallèle*)[5]中这样写道。让-马里·勒·克莱齐奥在《物质迷醉》(*L'Extase matérielle*)中表示:"沉默是语言和意识的最终结果。"[6]帕斯卡·基尼亚尔[①]则确信"言语并非我们的故土。我们来自沉默,当我们尚在四足行走时便误入歧途"[7]。这一信念准许了经由沉默恢复语言的举措,维特根斯坦在亨利·戴维·梭罗之后也提倡这一点,在他看来,为了占有我们的语词,并因此占有我们的生命,沉默是必经之途。[8]

《圣经》中上帝沉默的话语在此处构成了我们思考的基底。聆听那些信服之人的证言吧,上帝并未藏身且保持沉默,他尤其在沉默时言说。"主啊,永远不要令我们忘记,你也于沉默时言说"[9],克尔凯郭尔这样写道。皮埃尔·古朗日[②]在某一精彩的章节中强调了这一沉默的话语,并定义了"超验的沉默"的概念,"上帝的伟大并不展现于行为或话语中,而仅在其探访、升腾中,如果我们可以这

[①]　帕斯卡·基尼亚尔(Pascal Guignard,1948—　),法国小说家,作品涉及哲学、历史、音乐等多个方面,其作品《游荡的影子》获龚古尔文学奖。

[②]　皮埃尔·古朗日(Pierre Coulange,1962—　),法国学者,神学博士。

样表达"[10]。关于此，最好的例子便是创世前显著的沉默，因为"在这一杰作诞生前，主宰一切的是沉默，一种撼人心扉的沉默，如同对即将诞生的世界的思考"，圣灵升腾，黑暗与沉默笼罩了一切。[11]《诗篇》复述了这一创世的沉默言语，皮埃尔·古朗日列举出众多《圣经》中不被注意的上帝话语，如《新约》中有关以马忤斯门徒的章节。在 16 世纪，十字若望强调了上帝沉默话语的显现，这一话语可在黑夜沉默的静寂中被听闻。

许多人都将沉默感知为未曾言明的话语。维克多·雨果在《静观集》中表示，创世中的"一切都在言说"：空气、花、草枝……

> 从星辰到蛆虫，无限被听闻（……）
>
> 你以为江河之水与森林之木
>
> 抬高声线却无可言说？（……）
>
> 你以为覆满草与夜色的坟墓，
>
> 只是沉默？（……）
>
> 不，一切都是声音，一切都是香气

一切都在无限里

向某人诉说[12]。（……）

我们听到上帝投射的光芒之声

那被人类唤作沉默的声音。[13]

梅特林克乐此不疲地表达着对沉默话语的痴迷。"当我们确有某事需向自我言说时，我们就必须沉默。（……）当我们开口说话，便有某物向我们预言上帝之门于某处的关闭。我们对沉默无比贪婪。"[14]沉默尤其在不幸中言说；正是在那时，它拥抱了我们，而"不幸的沉默之吻再无法被忘却"[15]。我们将于后文详尽回顾这爱恋中的沉默话语。

沉默话语的力量时常被表明。梅洛-庞蒂写道，言语"只在沉默中生存：所有我们投向他者之物，都萌生于这不会背离我们的无言国度"[16]。更确切地说，话语与沉默的联系已在多个领域中得到分析：音乐、雄辩、写作（尤其是诗歌写作）、绘画、电影……

在《成连最后的音乐课》(*La dernière leçon de musique de Tch'engLien*)中，帕斯卡·基尼亚尔笔下的成连老师让

伦勃朗·哈尔曼松·凡·莱因《夜巡》,1642

学生聆听最细微的声音,如树梢间的风声,绸缎上的笔触声,孩童在砖上的撒尿声。在一天结束时,他表示:"今天我已接触了太多音乐。我要去沉默中洗净双耳。"音乐家圣·哥伦布①,《世界的每一个清晨》(*Tous les matins du monde*)的中心人物,誓愿沉默,那悔恨的坟墓。与他的朋友画家鲍金②一样,他相信绘画首先意味着闭口不言。绘画诞生于沉默中。在音乐与绘画的内部世界,一切问寻都"只会通往最深邃的内在,通往沉默"[17]。

然而,绘画中无声的雄辩(muta eloquentia)得到了特别的研究。如今,关于这一研究对象已有大量翔实的资料,我们在此只能加以概述。"图像是言说中的沉默",马克思·皮卡德写道,它"提醒着人们那先于话语的存在;正因为如此,图像才如此令人激动"[18]。在莱辛看来,绘画是沉默的诗。而后,欧仁·德拉克洛瓦③表示,"沉默始终令人

---

① 圣·哥伦布(Sainte Colombe,1640—1700),法国作曲家,古提琴演奏家。

② 卢宾·鲍金(Lubin Baugin,1610—1663),法国画家,以静物、宗教和神话画作闻名。

③ 欧仁·德拉克洛瓦(Eugène Delacroix,1798—1863),法国著名浪漫主义画家,继承和发展了文艺复兴以来欧洲各艺术流派,对其后的印象主义画派产生了重要的影响,代表作为《自由引导人民》。

敬畏(……)我承认自己对无声艺术的偏爱，偏爱这些普桑①当作事业的无言之物。话语是冒失的；它会来寻找你，引起注意(……)绘画和雕塑显得更为严肃：应走向它们"；绘画"无言的魅力""以同样的力量展现，每次你将目光投去，它都有所增长"。[19]

保罗·克洛岱尔在名为《倾听之眼》(*L'œil écoute*)的作品中也探讨了绘画无声的雄辩。他关注荷兰绘画，那些风景画在他看来是"沉默的源泉"。关于凡·德·威尔德②的一幅画，他写道，"这便是那一类画作中的一幅，与其观赏它们，我们更应去聆听"，而谈到维米尔的一幅作品时，他说，"它完全被那一时刻的沉默填满"。荷兰绘画所呈现的景致，在克洛岱尔看来，都融入了沉默这一基本要素，而这一要素"使听见灵魂成为可能，或至少是将其聆听"[20]。

伦勃朗强调了空虚、纯粹空间与沉默间联系的重要

---

① 尼古拉斯·普桑(Nicolas Poussin，1594—1665)，法国巴洛克时期重要画家，法国古典主义绘画的奠基人。

② 亨利·凡·德·威尔德(Henry van de Velde，1863—1957)，比利时画家、建筑师、设计师，比利时早期设计运动的核心人物与领导者。

性,该联系来自占据目光的事物,这并非凭空臆造。在他的画里,沉默是"记忆的吁请"。至于《夜巡》(*Ronde de nuit*),其魅力之一便是"充满一种奇特而无言的声响"。在《暴风雨天气》(*Paysage d'orage*)中,伦勃朗捕捉到这样一个时刻:在电闪雷鸣前,暴风雨以一种"沉默的浓稠"被预示,正如人们欣赏一段管风琴演奏后的感受。[21]

凝视着彩绘玻璃窗,克洛岱尔弃绝基督教的灵魂,并对它说:"这就是你的沉默。"[22] 在《卢瓦尔-谢尔谈话录》(*Conversations dans le Loir-et-Cher*)中,他批判了在博物馆内堆叠陶瓷的做法,因每一片陶瓷都要求周围存有"某种孤独和沉默的区域"[23]。

在研究"伟大世纪"①历史的专家中,马克·福玛罗利最为深入地分析了该时期绘画所构成的沉默流派。"无声图像的艺术在言说",他总结道,此前他曾研究过尼古拉斯·普桑绘画中"无声的雄辩",并将之与德拉克洛瓦的释读联系在一起。[24] 这也是画家在创作时喜爱孤独与沉默的

---

① "伟大世纪"(Grand Siècle)特指 17 世纪,法国历史上最为富饶与强大的时期之一。

原因。在马克·福玛罗利看来，都灵裹尸布最有力地代表着"未曾说出的话语的声响"[25]。它是与上帝话语相联系的内心话语的综合；它是投射至感官世界的言语，在这一世界，被沉默聆听的话语有堕落的危险。事实上，在帕斯卡①看来，当基督教的话语"忠于其沉默"并在内心祷告的秩序中得以维系时，"它将更为有力，触动人心，接近其神圣的起源"。马克·福玛罗利评述道：沉默不是话语的遗失，而是在其领域内更原始、更具共鸣的话语。[26]关于主人公沉默姿态的绘画具有强大的语义功能。它使引发观者沉思的无声话语具有了戏剧性。在这里，我们可再度联系前文"神操"中有关内心图景的内容。

　　在数个世纪中，尤其是 19 世纪，关于愉悦、痛苦、光荣的隐秘仪式的虔信图景，以《玫瑰经》的念诵为基础，参与这同沉默相关的冥想问寻。在 17 世纪，有关图像的静默诗歌与有关言语的有声绘画有意识地相互轮替。[27]应知悉

---

① 布莱士·帕斯卡（Blaise Pascal，1623—1662），法国神学家、哲学家、科学家，西方科学和思想的重要人物，发明和改进了许多科学仪器，代表作为《算术三角形》《思想录》等。

在这一时期,观者投向图画的是有别于其自身的目光。他们虔诚地将其注视。他们期待从沉默的谈话中获得能给予其虔信活动以启示的内容。如今,我们置于图画上的仅是从属于审美思考的目光。然而,历史学家最重要的工作便是寻回那些古老的目光,并就此为读者做出解释。关于孤独形象的绘画尤其制造出一种"沉默的效应",这是对默想不可抵抗的呼唤;马克·福玛罗利列举并分析了某些明显包含强烈的沉默言语的画作。

于斯曼笔下的杜尔塔勒可被视为作者本人的化身,他眼中的弗拉芒派画家为劳苦而挂虑,"为关于大地的记忆所纠缠,(……)依旧(……)是人类"。他们并未接受这一仅于隐修院的沉默与祥和中践行的特殊教养。相反,杜尔塔勒认为弗拉·安杰利科①能够达至"天使领地"并驰骋其中,因他"只在作画时睁开那因祷告而闭合的双眼"。弗拉·安杰利科"从未看向外界(……)他只看到了自我"[28]。这便是其画作中沉默力量的来源。

---

① 弗拉·安杰利科(Fra Angelico, 1387—1455),意大利佛罗伦萨画派画家,画作多为宗教题材。

列奥纳多·达·芬奇《岩间圣母》，约 1483—1490

　　伊夫·博纳富瓦[1]长时间停驻在皮耶罗·德拉·弗朗切斯卡[2]的《耶稣复活》(*Christ ressuscité*)前。在他看来，这幅作品格外使人沉默。它需要被聆听，为了不被剥夺漫长的形成过程中的财富。这幅画与15世纪运用透视法强加沉默的画作不同，后者是"比例与形式之间简单联系"的产物。相反，伊夫·博纳富瓦强调，皮耶罗·德拉·弗朗切斯卡的沉默是"世界的显现，泛动着震颤、喧嚷声，伴有蓝天在水洼中的倒影"[29]。

　　通常，圣母领报[3]的场景都被合理地阐释为由一种矛盾的沉默完全支配。尽管有大天使的话语——但这话语是否被说出？——和扼要的回答，一种深邃的沉默却与玛利亚灵魂深处的沉默相呼应。沉默持续着，直到被后来"尊主颂"的吟唱打断。在相似的角度上，马克·福玛罗利极富才华地分析了列奥纳多·达·芬奇的《岩间圣母》

---

[1]　伊夫·博纳富瓦(Yves Bonnefoy, 1923—2016)，法国诗人、翻译家、文学评论家，曾获得卡夫卡文学奖，代表作为《论杜弗的动与静》。

[2]　皮耶罗·德拉·弗朗切斯卡(Piero della Francesca, 1416—1492)，意大利文艺复兴早期画家兼理论家，其作品诠释了艺术、几何与社会现实的融合。

[3]　"圣母领报"出自《路加福音》，指天使告知玛利亚她将受圣灵感孕而生下耶稣，后有众多艺术作品以此为题材。

(*Vierge aux rochers*),他将其视作基督教艺术的无上杰作。在人物的沉默中,这里的一切都"被预先感知,被遥远地消耗和凝视着"[30]:圣母领报、圣诞、圣洗和十字架。

拉斐尔一幅被展于卢浮宫的小画被后人命名为《圣母的沉默》(*Silence de la Vierge*)。这幅画理应得到分析,如马克·福玛罗利对《岩间圣母》的分析一样。我们将回到乔治·德·拉·图尔的《木匠圣若瑟》(*Saint Joseph*),回到其呈现给观者的谈话的沉默深度中(参见第 101 页)。这位画家,在马克·福玛罗利看来,符合"法国画家不做过多粉饰的特点,这种含蓄保证了强度与内在性",也是"法国天主教灵修"的长期特征。[31]

我们看到,保罗·克洛岱尔将伦勃朗的绘画视为一种沉默绘画。然而,在其之后,为数众多的艺术家都可被称作沉默的画家,以至于难以将其悉数列出。但我们依然可以尝试。应再次提到虚空派,他们是沉默的烙印,这沉默通过其呈现的静物得以强化,路易·马林①称为"虚无的本

---

① 　路易·马林(Louis Marin, 1931—1992),法国哲学家、历史学家、符号学家,主要研究 17 世纪法国文学与艺术。

体论"的绘画,即在沉默中找寻某种事物。虚空派的画作等待着一种无言、沉默的目光。它们邀请观者停下日常的活动,参与对其存在之终结的凝视,以及对死亡的预感。同时,它们使观者过往的魅影重现。关于这一点,应强调菲力普·德·尚帕涅①《勿忘你终有一死》(*Memento mori*)的神奇力量,该画作展于勒芒博物馆。玛利亚-玛达肋纳和圣哲罗姆②是虚空派绘画这一沉默流派的典型意象。

19 世纪上半叶的众多画家都竭力描绘沉默的话语,尤其是卡斯帕·大卫·弗里德里希③,在阿努什卡·瓦萨克④看来,弗里德里希向我们传递了"一种关于天际的无声体验"。因此,《云海上的旅行者》(*Le Voyageur au-dessus de la mer de nuages*)代表了一系列的情感,居于最为浩荡的沉默中,这一沉默的话语对观者施以影响。阿努什卡·瓦

---

① 菲力普·德·尚帕涅(Philippe de Champaigne,1602—1674),法国画家,糅合了巴洛克自然主义与法国古典主义绘画风格,尤以肖像画闻名。

② 圣哲罗姆(Saint Jérôme,约 340—420),早期基督教拉丁神父,致力于神学和《圣经》研究,曾用拉丁文翻译《圣经》,即《通俗拉丁文译本》。

③ 卡斯帕·大卫·弗里德里希(Caspar David Friedrich,1774—1840),德国浪漫主义画家,擅长风景绘画。

④ 阿努什卡·瓦萨克(Anouchka Vasak,1950—),法国气象学专家。

萨克还写道，"旅行者，既将我呈现，又如同他者般避我而去（……）他使我明白，我并未目睹一切，而我有目睹的欲望，但目睹预设了一部分将被留于黑暗中"[32]。我们在弗里德里希的画作中所感知的，正是我们沉默观赏风景时所看到的。此外，这位画家的人物形象在无声的静止中传达着惊叹。他们呈现出的沉思诠释着宗教的感染力，来自对自然真切的注视。卡斯帕·大卫·弗里德里希日记的某几页还谈到了画家聆听内心之声的必要性，进而在作品中将其于沉默与黑暗里目睹的事物烘托而出。

为了通过一系列绘画中的沉默阐述我的观点，我们将选择一些奥赛博物馆里的画作，这些画作可追溯至 19 世纪下半叶，它们令所有人记忆犹新：米勒①《晚祷》（Angélus）中虔诚的农民凝思的沉默，布格罗②《维纳斯的诞生》（La Naissance de Vénus）中肉体的沉默，贝尔特·莫

---

① 让·弗朗索瓦·米勒（Jean-François Millet, 1814—1875），法国写实主义田园画家，以描绘乡村风俗中的人性而闻名。

② 威廉·阿道夫·布格罗（William Adolphe Bouguereau, 1825—1905），法国学院派画家，其绘画常以神话为灵感，以 19 世纪的现实主义绘画技巧来诠释古典主义的题材，且常以女性的身体作为描绘对象。

里索①《摇篮》（*Berceau*）中母亲的沉默，德加《苦艾酒》（*L'Absinthe*）中绝望与不可交流的沉默（参见第 153 页），以及最后，另一种属于两位孤独者的沉默，即皮埃尔·波纳尔②的《男人和女人》（*L'Homme et la Femme*）。

此外，在这一时期，象征派画家最为深入地刻画了沉默的话语，我们无法悉数列举可印证这一点的作品。费尔南德·赫诺普夫细致地绘出了《沉默》（*Le Silence*）：一个戴手套的女人将两根手指置于嘴边。在这些象征派画家的作品中，沉默时常被包裹在云雾或夜的外衣里。这种沉默凸显了人物的超脱，后者于沉思中找寻真正的现实。让我们将目光停留在阿诺德·勃克林③名为《死亡之岛》（*L'Île des morts*）的名作上。那里的沉默令人窒息，驶向岛屿的小船也为其所困。这幅画同时表现为沉默

---

① 贝尔特·莫里索（Berthe Morisot，1841—1895），法国印象派女画家，擅长绘制室内景物。

② 皮埃尔·波纳尔（Pierre Bonnard，1867—1947），法国画家，后印象派和纳比派的创始人之一，擅长描绘温馨的家庭场景。

③ 阿诺德·勃克林（Arnold Böcklin，1827—1901），瑞士象征主义画家，对 20 世纪的超现实主义画派有很大的影响。

威廉·阿道夫·布格罗《维纳斯的诞生》，1879

的象征与死亡的不可避免。在居斯塔夫·莫罗①的《欧律狄刻坟前的俄耳甫斯》(*Orphée sur la tombe d'Eurydice*)中,沉默无处不在。"神圣的唱诗人永远地沉默了。人与物的喧嚷熄灭了。"[33]

其余许多象征派艺术家都在作品的标题中明确提及了沉默。除了费尔南德·赫诺普夫的色粉画,我们还可以举出弗朗齐歇克·库普卡②题为《沉默之声》(*La Voix du silence*)的系列作品。至于莫里斯·丹尼③,他将自己俯瞰佩罗斯-吉雷克的特雷斯特里涅尔海滩④的住所命名为"沉默"。

此后,专家们在超现实主义的画作中发现了沉默另一种形式的再现。因此,马格里特的《光之帝国》(*L'Empire*

---

① 居斯塔夫·莫罗(Gustave Moreau, 1826—1898),法国象征主义画家,其绘画主要从基督教传说和神话故事中取材。

② 弗朗齐歇克·库普卡(František Kupka, 1871—1957),捷克艺术家,巴黎立体-未来主义运动中的一员,进行过野兽派和立体主义实验,是最早创作完整的抽象绘画的艺术家。

③ 莫里斯·丹尼(Maurice Denis, 1870—1943),法国象征主义画家,纳比派的代表之一,其理论是立体主义、野兽派和抽象主义的基石。

④ 特雷斯特里涅尔(Trestrignel)海滩,位于法国阿摩尔滨海省的佩罗斯-吉雷克市。

des lumières）首先是一幅深邃的沉默画作（参见第 95 页）。

茱莉亚·拉蒂尼·马斯特兰杰洛[①]详细地分析了令人心碎

的沉默如何在达利的众多画布上展开。《谜》（Énigme），

创作于 1982 年，描绘出那呈现永恒与绝对沉默的古老雕

塑。当达利创作《海边》（Au bord de la mer，1932）时，他

描绘出一片被沉默支配的孤独领域。"在这一孤独中，

（达利）画笔下的风景经由沉默，与我们的孤独及沉默相

通。"[34]达利此处的灵感似乎源自加西亚·洛尔迦[②]的一首

当代诗：

> 听啊，我的孩子，听这沉默。
>
> 起伏的沉默
>
> 这沉默里
>
> 滚动着回声与谷峰

[①]　茱莉亚·拉蒂尼·马斯特兰杰洛（Giulia Latini Mastrangelo，1934—　），意大利学
者，从事文学和语言学研究。

[②]　费德里戈·加西亚·洛尔迦（Federico Garcia Lorca，1898—1936），西班牙著名诗
人、剧作家，他将诗歌与西班牙民谣创造性地结合起来，创造出一种节奏优美、想象
丰富、易于吟唱的全新诗体。

是它让额头

都朝向土地。[35]

今日,每个人都可以通过霍普的众多画作感受其笔下的沉默,公路、街道、房屋的沉默,尤其是在人与人之间建立或实现统摄的沉默。我们将回到这一点上。

显然,上文将绘画视作沉默流派的探讨是颇为扼要的。在这个概略的名单中还应加入许多名字,应关注夏尔丹[①]作品中事物的沉默,列出那些为聆听大自然最细微的震颤而保持沉默的画家,例如巴比松派画家,尤其是泰奥多尔·卢梭[②],还有像凡·高一样擅长描绘空房间之沉默的画家们,同时也不应忘记那些格外关注沉默情景的画家。

就我而言,我所能忆起的一次经历印证了一点,即地点的沉默能使人更好地沉浸在作品的沉默中。不知是在怎样的机缘巧合下,我于哈佛大学某个博物馆的一个小房

---

① 让-巴蒂斯特-西美翁·夏尔丹(Jean-Baptiste-Siméon Chardin, 1699—1779),法国画家,擅长静物绘画,画风质朴亲切,反映了新兴市民阶层的美学理想。

② 泰奥多尔·卢梭(Théodore Rousseau,1812—1867),法国巴比松派画家,其风景画以强烈的色彩、大胆的笔触和独特的主题闻名。

间内独处了一个钟头，注视着塞尚一系列描绘苹果的著名画作。不知是出于何种疏忽，人们将我遗落于此，不被旁人打扰，在绝对的孤独与沉默中面向画作。此前我曾多次目睹过这些画作的复制品，我感到有一种沉默的交流建立了起来，它改变并加深了我的理解。

沉默与书写的联系令众多作家为之沉迷。空白的眩晕中充满了沉默，它连接起虚无与创造。此外，在《创世记》中，创世前是一片沉默的空白。在莫里斯·布朗肖看来，写作是不值一提的："用纸的堤坝抵挡沉默海洋。沉默——只有沉默获得了胜利。只有它占据着那散布在语词中的意义。事实上，我们追寻着它（……）我们憧憬着它（……）在我们写作之时。保持沉默，这是我们写作时所欲求，却不知晓的事。"[36]空白，即创造的空间。弗朗索瓦·莫里亚克①也这样认为："任何伟大的作品都诞生于并返回沉默中（……）如同罗讷河穿过勒芒，一条沉默之河穿过贡布雷的土地和盖尔芒特家的客厅，且不于此交融。"[37]许

---

① 弗朗索瓦·莫里亚克(François Mauriac, 1885—1970)，法国作家、批评家，1952年获诺贝尔文学奖，代表作有《给麻风病人的吻》《爱的荒漠》等。

让-巴蒂斯-西梅翁·夏尔丹《玻璃水瓶与水果》,1750

多作家的写作都充满沉默，并期待读者分析其沉默的变化。我们应看看迈克尔·奥德怀尔①对莫里亚克《苔蕾丝·德斯盖鲁》(*Thérèse Desqueyroux*)的精彩分析，这是致读者的真正的沉默训导。奥德怀尔揭示出书中不少于十种与话语相关的沉默形式：阐释主体的消亡或人类间不可交际的沉默，将主体交付给"其存在的黑暗"的沉默，作为内心旅行的沉默，他者趋于虚无、充满胁迫的沉默，为抵抗世界的喧嚣，更准确地说是那与我们有关的喧嚣，而被创造出的沉默，思考的沉默，言说那不可言喻之物的暗示性的沉默。对莫里亚克来说，人类的悲剧几乎总与沉默同体。他写道，"生命体的悲剧几乎总是在沉默中进行和展开"[38]。

既然我们将写作视为沉默的流派，就让我们回过头来读一读阿尔贝·萨曼②的几行诗，这些诗句出自《在公主的花园里》(*Au jardin de l'infante*)，它们印证了加斯东·巴

---

① 迈克尔·奥德怀尔(Michael O'Dwyer, 1947—   )，爱尔兰学者，2010年被法国总理弗朗索瓦·菲永授予法国政府棕榈教育骑士勋章。

② 阿尔贝·萨曼(Albert Samain, 1858—1900)，法国象征派诗人，其作品受波德莱尔和魏尔伦的影响，柔和中透露着悲伤。

什拉的那句话:"巨大的沉默声浪在诗歌中激荡。"[39]

> 我梦见温柔的诗与亲昵的呢哝,
> 掠过心上的诗及羽翼
>
> 梦见金色的诗,流动的诗意散落其间
> 如水下奥菲利亚的慧发
>
> 梦见沉默的诗,无节奏亦无情节
> 无声之韵似船桨划过。

　　我们于本书中记录的所有沉默都未能在此出现。这首诗,在帕特里克·洛德①看来,代表着沉默的流派,是对沉默音乐的书写,它引领我们反思"灵魂实体静止的沉默"[40]。

　　作为沉默的流派,电影值得一系列的探讨,它是迷宫

---

①　帕特里克·洛德(Patrick Laude,1958—　),法国哲学家,主要研究神秘主义、象征主义和诗歌之间的关系。

式的。专家所概括的几个特征能让我们勾勒出数条主线。
沉默给电影工作者们带来了挑战。事实上，他们需将那些
乍看之下不可呈现，隶属不言明、影射、暗指领域的事物具
象化，妮娜·纳扎罗娃[①]这样表示道。[41]然而，说到底，这一
问题也以同样的方式困扰着画家和剧作家。

　　无声电影能够以一种极端的力量言说情感和知觉。
这一点众人皆知，且可以联想到茂瑙[②]默片中无声浮现的
德古拉或怪物弗兰肯斯坦，联想到德莱叶[③]的圣女贞德那
极富表现力的脸庞，同时也勿忘记查理·卓别林电影中对
爱情的赞叹。无声电影中言说的肢体是众多作品利用的
对象。金刚手掌中的菲伊·雷[④]发出了电影史上最为沉默
的尖叫。这证明无声电影中的沉默是一种感性的物质和
材料。

---

① 妮娜·纳扎罗娃（Nina Nazarova，1957—　），俄罗斯作家、评论家。
② 弗雷德里希·威廉·茂瑙（Friedrich Wilhelm Murnau，1888—1931），德国著名默片
　导演，表现主义电影的代表人物。
③ 卡尔·西奥多·德莱叶（Carl Theodor Dreyer，1889—1968），丹麦电影导演，丹麦艺
　术电影创始人之一，执导影片多为默片。
④ 菲伊·雷（Fay Wray，1907—2004），加拿大裔美国女演员，在 1933 年的电影《金刚》
　中饰演女主角安·达罗，有"尖叫女王"之称。

　　然而,在这些影片中,我们应注意到发出话语的是身体,更甚于沉默;通过妆容、强调的姿势以及所有隶属于哑剧范畴的行为,身体以一种夸大的方式实现了自我表达。当有声电影出现时,身体已经部分地与话语分离了。不要忘记,除此之外,无声电影中通常伴有起解释作用的音乐和一些小标题。这让保罗·韦基亚利①断言真正的沉默存在于有声电影中[42];此外,电影的音乐与将其规定的沉默是彼此联系的。

　　事实上,电影文字一直以来都是精妙的:有声电影的沉默"就如同其周围事物的共振箱,通过先前的破裂声、往后的尖锐声,或通过将其簇拥的更深邃的沉默,它变得愈加丰富";它向我们诉说,"无论它是抚慰人心或是难以忍受的,是浓稠或是荒芜的"。[43]电影工作者使沉默被感知。阿兰·蒙②表示,在安东尼奥尼③的《放大》(Blow-up)中"可以目睹一种假想的沉默之声";在那里,"窸窣的舞动",

---

① 保罗·韦基亚利(Paul Vecchiali,1930—　)，法国导演、作家。

② 阿兰·蒙(Alain Mons)，波尔多三大教授，评论家。

③ 米开朗基罗·安东尼奥尼(Michelangelo Antonioni, 1912—2007)，意大利导演、编剧，其影片善于表现现代化社会题材,对话简洁,寓深意于画面中。

"沉默与可能的呼喊声"之间的气压，都维系着"可见之物喧哗的沉默"。补充一个可能的细节：电影有时揭示出动物的沉默，与其目光一同，呈现出"兽性时代沉默的生命力"，那端详着你的母牛的沉默，似是在做梦的猫的沉默以及蝇虫的嗡嗡作响。[44]

在这一领域，电影中的话语已愈渐稀少。需再次重申，关于沉默的电影文字是尤为精妙的，而如今的观众普遍不再欣赏这一点。

第七章

沉默的策略

搁置有助于沉思、自省的沉默，我们将重点关注沉默在社会关系中的角色，关注其优点与缺陷，关注其与自我形象塑造间的关联，也关注它为差别性研究所做出的贡献；简言之，关注道德家，乃至所有思考沉默裨益及危害的人所提出的策略，这种沉默在孤独之外被感知。

许多作品都谈及缄默的艺术，这从 16 世纪末开始便孕育出大量的格言警句。诚然，灵修是一个颇为常见的主题。福音书中，耶稣的缄默使沉默在社会中成为一种美德；因此，依纳爵·罗耀拉宣扬一种基于基督之沉默的缄默艺术。在 1862 年的《伦理神学辞典》(*Dictionnaire de théologie morale*）中，我们依然看到沉默首先被视为一种美德，即只在恰当的时刻说话，"宁少勿多，因为过多的言语很难不招致疏漏和罪孽"，而且"当我们不知保守秘密并道出有损他人的言语时"，这罪孽是致命的。[1]

古代有大量关于沉默的案例。所罗门在《箴言》中表示，"闭口之人能被听闻"。被囚禁于厄瑞玻斯①，大埃阿斯②保持着悲剧性的沉默，为夺取阿喀琉斯装备的尤利西斯则挑起了争端，这也造成了大埃阿斯的自杀。狄多③，在相同的地点，用沉默这一骇人的力量回应埃涅阿斯④。除此以外，沉默也被斯多葛学派⑤大力宣扬。

亚里士多德认为沉默总是带来回报。塞内卡将其视

---

① 厄瑞玻斯（Érèbe），古希腊神话中的幽冥神，黑暗的化身，也是地下世界的一部分，位于阳世与冥土之间，是死者最先经过的地方。

② 大埃阿斯（Ajax），又译阿贾克斯，古希腊神话人物，阿喀琉斯的堂兄弟，特洛伊战争中希腊联合远征军主将之一。

③ 狄多（Didon），迦太基女王，在特洛伊战争后期与埃涅阿斯相爱，后因埃涅阿斯的离开而悲愤自杀。

④ 埃涅阿斯（Énée），特洛伊英雄，受到古罗马人的敬重，被尊称为"朱庇特"——"种族的缔造者"。

⑤ 斯多葛学派是古希腊一个重要的哲学学派，由芝诺于公元前 300 年左右在雅典创立，其他代表人物有巴内斯、塞内卡、奥勒留等。该学派提倡人按照自然和理性生活，主张宿命论和禁欲主义。

为贤者的美德。普布里乌斯·西鲁斯[1]撰写了众多有关沉默的格言,在他看来,"你应闭口不言,否则你的话语将比沉默更有价值"。至于狄奥尼修斯·卡托(Dionysius Caton),他表示:"闭口不言毫无危险,言说则险象环生。"

在现代,缄默比言说更为安全的观点被一再重申。这来源于廷臣的例子。话语构成危险的观点在最初与统摄宫廷生活的法令相关。因此,从 16 世纪到 18 世纪,描写缄默艺术的文字对文明的进程进行了阐释,诺博特·伊里亚思强调了这一点。这些文字与标志文明进程的规范内在化相符。

除了巴尔达萨雷·卡斯蒂利奥内[2]著名的《廷臣论》(*Le Livre du courtisan*),巴尔塔沙·葛拉西安[3]的《宫廷人》(*L'Homme de cour*)也是关于缄默艺术的杰作。关于这一点,前者在其作品中略有提及。他建议廷臣勿要过于

---

[1] 普布里乌斯·西鲁斯(Publilius Syrus,前 85—前 43),古罗马拉丁文格言作家、诗人。

[2] 巴尔达萨雷·卡斯蒂利奥内(Baldassare Castiglione,1478—1529),文艺复兴时期诗人,其代表作《廷臣论》体现了文艺复兴时期人文主义思想文化的内涵和特征。

[3] 巴尔塔沙·葛拉西安(Baltasar Gracián,1601—1658),西班牙巴洛克散文作家、思想家、耶稣会教士,其思想对欧洲伦理学、哲学和宫廷文学产生了重要影响。

多言。在领主面前，若不经允许便莽撞地参与对话，是将自身置于危险之中。通常，在这一情况下，为使那些不合时宜言说的人蒙羞，领主都避免予以回应。他将自己表现为沉默之主。廷臣在意欲言说之前始终应有所思考。那些言语过多的人很快就会变得"愚蠢而迟钝"。打破沉默意味着同时意识到所处地点、时间以及必要的持重。在交谈过程中，应把持好沉默的节奏，从而允许他人言说并"为了反驳而思考"[2]。

耶稣会教士巴尔塔沙·葛拉西安的《宫廷人》在1684年被译成法文，他在该书中对沉默的策略进行了更为深入的思考，他将沉默视作"审慎的殿堂"，即稳重与矜持。理智的人应学会自制。在这一点上，作者受到了塞内卡、塔西陀以及广为流传的西班牙格言的影响。遇见陌生人时，每个人都应首先"试探深浅"。切勿谈论自我，也永远不要抱怨。特别地，"为了被听闻而试图言说是不合时宜的"[3]。

交谈，即与他人建立关系，这是一种艺术，"一种博学和礼仪的熏陶"；人正是通过这一点证明自身价值。[4]"任何快意言说之人都将即刻被打败，被说服。"巴尔塔沙·葛拉

让·弗朗索瓦·米勒《晚祷》，1859

西安更为激进地表示："我们欲做之事，不应被说出口；而那些适合说出来的事则不适合去做。"[5]当说真话会带来危险时，审慎之人应闭口不言。

诚然，沉默时常是无知的藏身之所。"缺陷"理应保持缄默，因为沉默"将其变成神秘的存在"。此外，没有秘密的内心是"一封公开信"，因而更应避免言说。巴尔塔沙·葛拉西安在这一点上极为严格，以至于写道："应像口述遗嘱般地去言说……"[6]与葛拉西安同时期的还有一系列关于缄默艺术的作品，这些作品诞生于 1630 年至 1684 年之间，其目的是培养法式"君子"（honnête homme）。前者的指南书，在马克·福玛罗利看来，依然是整个欧洲的教育经典之作。理智的人保持着冷静，将一部分沉默留予自我，同时避免了荒谬的表达。此外，马克·福玛罗利表示，缄默艺术也是为他人留下悬念的方式，激发"欲望、好奇与惊喜感"[7]然而，谨慎的艺术是一种相当困难的计策。

18 世纪的许多道德家继承了这一传统。在那一时期，交谈变得尤为重要。它使凝思的沉默与广泛的谈话两相交替，并如孟德斯鸠所说的，避免过多地被倾听。拉罗什富科[①]认为"沉默是自我怀疑之人最可靠的阵营"。在他看来，在没有虚荣心迫使时，我们很少言说。他声称，如果"存在大量言说的艺术，那么同样也会存在大量缄默的艺术"，在这一点上，他区分了雄辩的沉默、嘲讽的沉默和恭敬的沉默。无论如何，最好的选择是倾听，永远不要迫使自己发言。俏女郎和老人，相较于其他人而言，更需要沉默，因为他们倾向于毫无艺术感的喋喋不休。[8]萨布莱夫人[②]写道，"过度的言说是莫大的缺点，如果说简短的便是好的，那么在事务和交谈中，便将会是双倍的利好，我们可以通过简洁来获得那些通常因过多的话语而失去的东西"，"善于发现他人的内心并掩饰好自己的部分，这是精神优越性的显著标志"。[9]

---

① 弗朗索瓦・德・拉罗什富科（François de La Rochefoucauld，1613—1680），法国公爵、作家，又称马西亚克亲王，代表作为《道德箴言录》。

② 萨布莱夫人（Mme de Sablé，1599—1678），原名为马德琳・德・苏瓦（Madeleine de Souvré），法国文人，伯爵夫人，其于巴黎开设的文艺沙龙颇为著名，拉罗什富科的《道德箴言录》便诞生于其中。

　　蒙卡德①表示，"如果人们只言说有用之事，世界将是一片浩大的沉默"[10]。拉布吕耶尔则认为那些醉心赌博的人保持着"深入的沉默"，他们在其余情况下都不会保有这样的专注度。[11]杜弗雷尼②对一位新入宫廷者进行了有趣的描述："他不行动，也不说话。人们都说他是智者。事实上，他的智慧在其谦卑与沉默中；因为只要他稍加行动或略有言说，人们便会发现他只是一个傻子。"[12]

　　1771年出现了一部广为流传的作品——《缄默的艺术》(L'Art de se taire)，作者是迪努阿尔③神父。作者准确、有力且详尽地重述了前文所涉及的全部内容。其精神主旨是"人只有在沉默中才能最好地自制"[13]。考虑到这部作品的影响，我们将对其进行细致的分析。迪努阿尔区分了10种不同类型的沉默，包括谨慎的、狡猾的、殷勤的、诙谐的、愚笨的，此外还有标志赞许、蔑视、幽默、任性和精明

---

① 蒙卡德(Moncade，1640—1704)，本名为诺埃尔·阿尔贡(Noël Argonne)，法国文人、僧侣。

② 查尔斯·杜弗雷尼(Charles Dufresny，1654—1724)，法国剧作家、歌曲作者。

③ 约瑟夫·安托万·图桑·迪努阿尔(Joseph Antoine Toussaint Dinouar，1716—1786)，法国传教士、辩论家、女权主义斗士。

才干的。迪努阿尔神父的首要目的是撰写一部关于基督教礼仪的专论，这使其较之前人有所不同。此外，他还试图将谨慎延伸至宫廷之外，延伸到巴黎的沙龙与文人的世界中，进而对抗哲学精神、理性主义和唯物主义。他重拾芬乃伦①《忒勒马科斯》（*Télémaque*）中的古老信念，即统治的艺术在于保持缄默。统治者，甚于其余所有人，只能在沉默中实现最好的自制。

在对迪努阿尔论著的评述中，安托万·德·贝克②补充说明了作品中沉默与身体修辞的联系。在社会中，保持缄默与构成这一修辞的克制的姿势、矜持的表达、某种面部表情以及极简艺术相联系。埃米尔·穆兰曾于 1885 年表示，当人在社会中保持缄默时，如果没有诸如神情、态度、举止、目光等自然且不可或缺的辅助，其沉默将不具备价值与表现力。[14] 再回到迪努阿尔，他要求基督徒、世俗者、政治家、战略家们都克制自身的语言，这在安托万·德·

---

① 弗朗索瓦·芬乃伦（François de Salignac de la Mothe-Fénelon，1651—1715），法国天主教神学家、诗人、作家，寂静主义的主要倡导者之一。

② 安托万·德·贝克（Antoinede Baecque，1962—　），法国历史学家、影视批评家、编辑。

贝克看来是在寻回 17 世纪"君子"的礼仪。神父的一些警句概括了其策略："我们不应停止缄默，除非我们有比沉默更有价值的东西要去言说"，"我们将永远无法完好地言说，除非我们已学会缄默"，"贤者的沉默富有表现力"。[15] 相反，"粗鲁而愚钝"之人不懂得缄默。他们缺乏教养，蛮横而又迷信。至于文学中的沉默，许多作者都应从中得到启发，什么也不发表。

然而埃米尔·穆兰表示，有时在社会中，沉默并不关乎任何策略性的目标，而只是一种性格特征的结果，即"寡言少语"。莫里哀这样描写小迪亚法留斯①："人们看着他，他什么也不说。"埃米尔·穆兰列出了一系列始终保持沉默的人：亚哈随鲁在拉辛的《爱斯苔尔》(Esther) 中保持着沉默，纪尧姆·奥兰治②的外号便是"沉默者"。当然还有那些缺乏自信的羞怯之人。这令埃米尔·穆兰得以列出一系列与策略全然无关，且与迪努阿尔列出的名单不相符

---

① 莫里哀戏剧《无病呻吟》(Le Malade imaginaire) 中的角色。

② 纪尧姆·奥兰治 (Guillaume d'Orange，1533—1584)，威廉一世，又称沉默者威廉。尼德兰革命中反抗西班牙哈布斯堡王朝统治的主要领导者，八十年战争领导人之一，曾任荷兰共和国第一任执政。

的沉默。"惰性""冷静""多虑""怀疑""嘲讽""维系"的沉默——那些不了解情况的人迫使自己这样做——不要忘记那"体贴的沉默",在长辈面前"尊重的"、礼节性的、服从的或"深刻同情"的沉默。[16]

19世纪,瑟南古笔下的奥伯曼谴责那些"只为说出语词,却避免道出事实的交谈"[17]。在本杰明·康斯坦①的小说中,居住在哥廷根②的阿道尔夫极度焦虑,因羞怯而迫使自己沉默,他有时也感受到了言说的必要性,却被对自身所处社会的失望所抑制,在那个社会中,沉默的轻蔑代替了嘲讽。[18]

1854年9月23日,欧仁·德拉克洛瓦在他的《日记》(*Journal*)里详述了于交谈以及"所有类型的关系"中选择缄默所带来的益处。他的心理分析是对先前规范的深化。不幸的是,在他看来,"对于那些被想象控制的人,没有什么比这种克制更加艰难,敏感之人能够轻易看到事物的每

① 本杰明·康斯坦(Benjamin Constant, 1767—1830),法国浪漫主义小说家、自由主义思想家、政治家。
② 哥廷根(Göttingen),德国下萨克森州(Niedersachsen)的城市。

一面，他们更难以抑制自己不去表达发生在自己身上的事"。"然而，我们只能相反地通过倾听来有所获得。你很清楚自己意欲向听话者诉说的内容，它已将你溢满；但他想告知你的，你或许并不知晓（……）然而，面对一个既惊讶又愉悦，似乎有意聆听你的人，如何才能抑制自己，不发表相应观点？"此外，"愚蠢的人比其他人更易被这徒劳无益的愉悦所驱使，通过对他人说话来使自己被听闻（……）相较于告知讯息，他们更常令听话者迷惑"[19]。

杰拉德·热奈特[①]研究了福楼拜《包法利夫人》中沉默的文学目的。在他看来，叙事有时似乎是缄默了，逃逸至墙外。伯纳德·马松[②]的分析则有所不同。当包法利可以随心所欲地去到贝尔托农庄时，福楼拜描写了三个相遇的片段：他们按照乡下的习俗碰杯，然后沉默着什么也不说，最后开口说话，仿佛小说中"从沉默到话语的过渡是困难的"，仿佛在一个"被些许的声响所强化"的沉默时刻，主人

---

① 杰拉德·热奈特（Gérard Genette，1930—2018），法国叙事学家、文学批评家，被誉为当今法国形式主义批评的代表之一。

② 伯纳德·马松（Bernard Masson，1925—2013），法国文学批评家，法国文学教授。

弗朗齐歇克·库普卡《沉默之声》，1903

公毫无过渡地让步于"话语的苏醒"。[20]

保尔·瓦莱里在后来也成为现代道德家中的一员，他们的格言涉及友谊与亲密的范畴。他写道，"真正的亲密是基于羞耻①与掩饰②的相互感知"，"只有具备相同审慎程度的两者才能真正变得亲密。其余的，性格、教养和品味，都不重要"。至于"我们真正的敌人，（他们）是沉默的"。[21]

朱利安·格拉克谈到了一种微妙的策略：有时，谈话者在交谈中施加了一种令人困惑的沉默，一种"几近无礼"的沉默，掘出一片空虚并将你引向"一双看着你却不说话的眼睛——一双能在其周围制造出沉默的眼睛"。这便是《沙岸风云》中奥尔塞纳的统治者为向阿尔多展示权威所采取的策略。[22]

让我们进入另一个世界。农民们十分广泛地运用着沉默的策略，却是以他们自己的方式，与私密的必要性联系在一起。在 19 世纪，应再次强调，农民是寡言的群体。

---

① pudenda，拉丁语，本意是"羞耻的部位"，多用于指代生殖器官。
② tacenda，拉丁语，本意是指最好不要公开说出的事情。

他们罕有话说,因为话语在他们看来是无用的,甚至在祈祷行为中也是如此。阿尔斯神父①惊讶地发现在他的小教区,有一位农民经常去往他的教堂中瞻仰圣体。他的瞻仰于沉默中进行,甚至连嘴唇也一动不动。神父最后询问他,是怎样的虔诚促使他如此沉默地拜倒在圣体光前。农民用一句对祈祷最为凝练的定义回答道:"我注视(看)着他,他注视着我。"这位农民只是将他寡言的行为转移到了教堂内。在左拉的《土地》(*La Terre*)中,富昂神父在一座荒僻的房屋中居住了一年,他始终保持着"策略性的强烈沉默",反复思考着扩张土地的计划。[23]在农村,沉默首先是一种策略。它保护家庭的秘密不被泄漏,保护光荣的财富不受任何侵害。它还保证了集体的团结一致,掩盖了所占有财富的数额和收购的计划,掩饰了可能存有的复仇欲。缄默,即提防他人的说长道短,他人总是试图窥探那被沉默掩藏的东西。我们应该知道,在这一环境中的计划,无论是雄心勃勃还是悲剧性的,其实都是漫长的。因此,重

---

① 阿尔斯神父(1786—1859),本名为圣若望·玛利亚·维雅纳(Jean-Baptiste-Marie Vianney),法国天主教神父,以其在阿尔斯教区的牧师工作得此名号。

点在于不要将自己暴露。

在这种战略性的沉默之外，农场里的沉默是令人舒心的。农民们喜爱他们所创造的寂静图景。伊冯·科勒布[①]表示，每个人都可以在这里表达自我，但他们避免言说。[24]对提问者的不信任并非这种沉默的唯一原因，人们的缄默是因为自认为无法令他人感兴趣，不能很好地（或不会）用法语表达自我。当谈话者是主人或市民时，社会和文化的鸿沟会制造困难。税务人员、警察、法官会在调查中设置陷阱，这有时也助长了这一因过多的自我表达而产生的长久担忧。此外，习俗还促成了某些协议的产生，文字乃至话语都无法介入其中。所谓"默示社群"[②]的维系以及所有默示延租都是基于沉默；无论是工人、女佣的雇用，土地收益分成的非书面契约，还是条件不变地续订契约，均是如此。协议在沉默中延长或是废除。伊冯·科勒布得出结论，长时间以来，沉默都影响着农村，它维系着一些被认为

---

① 伊冯·科勒布（Yvonne Crebouw，1920—2003），法国作家，共产主义者。
② "默示社群"（communauté taisible）是中世纪法国中部流行的一种农业集体化开发模式，这些社会集团并不签订书面契约，而是尊重口头的承诺。

明智，却阻碍了发展的习俗。

然而，研究该领域的历史学家可能会犯一个错误：过高地预估话语的罕有度，高估那些在自己惯于生活和表达的环境之外鲜有言说的人的沉默。农民的沉默是一种财富。其话语之所以罕有，是因为珍贵，如果这话语缓慢、郑重、易被听闻，这是因为它想要变得可信。在这种环境下，预先的长时间沉默赋予了大胆的发言以价值。此外，农民在接受司法调查时的沉默通常是不理解的表现，这种不理解源于有关国土的法令与现行的各种规范体系间的失调。最后，农民的寡言具有沉默的性质，却并未完全与之混同，它通常基于暗指。暗指并不必然引起话语，它要求学习另一种规则，有别于支配话语的规则。它意味着有别于基于言说的默契方式。这便是格言"沉默即同意"所表达的内容。在农村社会中，尤其是在 19 世纪，沉默与话语的博弈呈现出极端的复杂性。同样，历史学家需要同时区分强制性的沉默、有意的沉默、暗含的沉默、工具性的沉默以及话语管理的缺失所带来的沉默，同时也应考虑到精英阶层对农民话语的拒斥，后者被认为是贫乏、笨拙，甚至不可理解的。

若利斯-卡尔·于斯曼对乡村的憎恶均基于上述内容。在这一点上，其小说《滞留》(*En rade*)是很好的证明（我们将于后文再度审视这部小说）。一对城里的夫妇住在其舅父舅母家，舅父和舅母均是寡言之人，他们的沉默，或至少说他们罕有的话语掩饰了一种唯利是图的欲望。他们唯一的目的便是骗取侄辈的钱财。舅父和舅母巧妙地把控着沉默，他们佯装出农民与巴黎人交谈时的尊敬传统。他们能将寡言、尊敬与伪善融合在一起。侄女和侄子所面对的，是一对由默示的协议所结合在一起的夫妇，终其一生皆是如此。于斯曼很好地诠释了沉默与寡言的策略的重要性。

我们还可以挖掘沉默在其他诸多领域中的用途，这将是永无止境的。在军队中，应学习沉默的姿势，在打猎中更是如此。梭罗记叙了他对缅因森林的勘探，并描述了一位印第安猎人的行为。身佩一把斧头，这位猎人在荆棘丛中无声地穿行。他的步态是特别的，"轻快、沉默、隐匿"，在行进途中，他"用手指出各处树叶上的血滴"。[25]历史学家

西尔维·威尼尔①令人感受到沉默的断续所激发的强烈情
感,沉默的断续谱写出热带大狩猎的节奏,这通常出现在
19世纪下半叶的殖民地国家中。向一头猛兽发起进攻,这
通常需要长达半小时的潜伏,在此期间,心跳加速,必须保
持绝对的沉默。[26]

---

① 西尔维·威尼尔(Sylvain Venayre,1970—　),法国历史学家,19世纪表征史研究
专家。

第八章

从爱之沉默到恨之沉默

沉默是挚爱的基本成分。对于这一点，没有人比莫里斯·梅特林克诠释得更好。正如他所说："如果你在某一时刻潜入自己的灵魂，直至天使寄居的深处，关于深爱之人，你将首先忆起的并非其所言所为，而是你们共同经历过的沉默；因为只有这些沉默的品质才能彰显你们的爱与灵魂。"这便是"积极的沉默"，另外还有"消极的沉默"，即"沉睡的沉默"，它"仅是睡眠、死亡或虚无的投影"。[1]

沉默"传递着每段爱情中特殊的未知"。在这里，所有的沉默都各不相同，爱情的命运全部取决于"两个灵魂将塑造的最初的沉默"。若两个恋人在这最初的沉默中无法融洽相处,"他们的灵魂便无法相爱,因为两个灵魂间的沉默绝不会改变(……);它的性质永远不会发生变化;它将保持第一次进入房间时的姿态、形式和力量,直至恋人的死亡"[2]。至于语词,它们向来无法解释两人间真实且特殊的关系。总的来说,我们关于爱情、死亡与命运的真理,"只能于沉默中瞥见"[3],在我们每个人隐秘的沉默中。"如果我告诉某人我爱她,她或许无法懂得我的话语,同我向其他许多人所道出的一样;但如果我真的爱她,往后的沉默(……)便会催生一种无声的确信。"[4]梅特林克用这样的疑问作为结论:"决定和维系爱情滋味的,不正是沉默吗?被剥夺了沉默,爱情将失去其永恒的滋味与芬芳。我们谁没有经历过这些无声的时刻,它们使唇齿分离,为使灵魂相聚?我们应不断将其寻觅。没有比爱之沉默更为驯良的沉默,因为它是真正仅属于我们自己的沉默。"[5]

在我们等待了数年的爱情相遇中,在其最深刻的部分,我们谈论着"敲响的钟声或沉落的太阳,从而给予我们的灵魂在另一段沉默中相互欣赏、相互拥抱的时间,唇齿和思绪的低语不可将其惊扰"[6]。梅特林克引用了让·保罗①的话:"当我想要温柔地爱一个重要的人,并纵容她的一切,我只需沉默地看她一会儿。"[7]

与梅特林克一样,乔治·罗登巴赫也赞许人与人在沉默中融洽相处的象征性典范。他在一首早期的诗中写道:

> 我像踏入教堂一样走进你的爱情
>
> 沉默和乳香的蓝纱扬起[8]。

此外,他还描写了一个在没有灯的房间里沉睡的男人,他听到了其缄默的情人的遐想:

> 轻柔啊! 不再彼此分离! 不再是孤身!
>
> 沉默啊! 挟裹同一种芬芳的香气
>
> 心有灵犀而不付诸言语。[9]

1955 年,马克思·皮卡德表示在爱情中,沉默比话语

---

① 让·保罗(Jean Paul, 1763—1825),德国作家,浪漫主义文学的先驱。

埃德加·德加《在咖啡厅》，又名《苦艾酒》，1875—1876

尽管关系亲密，两个人看上去似乎彼此陌生。一个人陷入内心的沉默中，另一人保持缄默，却依然关注着外部世界。

更多。恋人，在他看来，是两个谋反者，沉默的谋反者。较之话语，恋人更愿意聆听沉默。"'不要说话'，让我可以听见你"，她似乎在这样低语。我们在缄默时更容易去爱，"因为在沉默中，爱情可以延伸至最遥远的地方"。沉默也证明了友情的深刻。通过对贝玑①的援引，马克思·皮卡德描述了朋友们"品味一起缄默的快乐，他们沉默地并肩，长时间地，沿着沉默的道路无声行走。幸福的两个朋友足够相爱，以至于（能够）一同缄默，在一个缄默的国度中"[10]。

爱情中深刻的沉默有着遥远的系谱——考虑到宫廷爱情……这要求我们追溯过去，进行更为普遍的思考。在1580 年的《廷臣论》中，巴尔达萨雷·卡斯蒂利奥内坦言深爱之人极少言语，尽管这并非准确地指向沉默中的爱情际遇。洛伦佐·德·美第奇②表示，真正的恋人"内心炽热，语言冰冷，他们说话时常有停顿，伴随着骤然的沉默"[11]。

---

① 夏尔·贝玑（Charles Peguy，1873—1914），法国诗人、作家，其作品反映出以民族主义为基础的哲学思想。

② 洛伦佐·德·美第奇（Laurent le Magnifique，1449—1492），意大利政治家、外交家、艺术家，文艺复兴时期佛罗伦萨的实际统治者，被同时代的人称作"伟大的洛伦佐"。

巴尔达萨雷·卡斯蒂利奥内给出了他的建议：为了让自己的爱被知晓，廷臣更应通过举止，而不是话语。较之"千百种话语"，爱意能更好地通过一声叹息、一种尊敬或挂虑来表达。应努力使双眼"在从眼到心灵的路途上通览无余"[12]——不要忘记在这一时刻，目光是一种"接触"。正是这"殷切而又爱抚"的双眼射出了箭矢，正是这目光通过了爱情的协议，在沉默之中。"他们将目光投入爱人眼里，反之亦然，因为精神已经相遇。"这目光制造出"温柔的碰撞"[13]，两位恋人从彼此眼中读出其"内心所想"。他们交换"绵长且自由的情话"，因内敛和审慎而得以私密。恋人的双眼在沉默中言说着那唯一重要的话语。[14]

恋人生活中的沉默被谱写在古典时期的小说中。在《阿斯特蕾》(L'Astrée)中，床被认为是"在秘密与沉默中获得亲密爱意"[15]的地点。在弥尔顿描绘的尘世天堂中，表达爱之沉默的意象令人惊异：当亚当和夏娃在摇篮中结合时，诗人表示"沉默是愉悦的"。帕斯卡写道，"在爱情中，沉默比语言更有价值（……）沉默的雄辩比语言具有更强的渗透力"[16]。

阿瑟·休斯《漫长的誓言》，1859

爱情在沉默中得到最深刻的表达。当恋人保持
缄默，他们便彼此托付。

在浪漫主义时代,关于这一点,道德家的规定与象征主义者的敏感被联系在一起。面对临死的艾蕾诺尔,不再爱她的阿道尔夫发现她依然留存着对自己的温柔。然而,"她的脆弱使她极少与我说话;但她的双眼沉默地注视着我,她的目光似乎在向我诉求着那我不再能给予她的生活"[17]。在本杰明·康斯坦的另一部作品《塞西尔》(Cécile)中,叙述者的妻子爱上了另一个男人。在一个"深邃沉默"的夜晚,叙述者注意到了"两个情人的目光,他们彼此的领悟流露在最不经意的事物之上,他们因共处而感到幸福,尽管他们无法道出只言片语且不被听闻;这让我坠入深沉的默想中"[18]。沉默在这里是爱慕的目光与灵魂的欲望相互交织的蚕茧。当丈夫成功地打断这一无声的联系时,他被塞西尔眼里淌出的泪水打动了,这泪水是"沉默而静止的"[19]。

在瑟南古笔下的奥伯曼看来,"沉默保护着爱情的梦",但当爱情的沉默消失时,"我们的生命熄灭"[20]的虚无便展开。阿尔弗雷·德·维尼①数次提到了将恋人结合在

————
① 阿尔弗雷·德·维尼(Alfred de Vigny, 1797—1863),法国诗人,浪漫主义文学先锋。

一起的沉默力量。每个人都记得，诗人建议情人将牧羊人的房屋移至茂密的欧石楠丛中：

> 在那花丛中，我们将于阴影里寻得
>
> 我们盘结的头发得以休憩的沉默床榻。[21]

相反，埃娃回答道："我将一个人安静地前往，在纯粹的沉默中。"[22]

维克多·雨果多次回到沉默这一元素上，它构成了爱情的愉悦。在《静观集》中，他描绘了恋人沉默的漫步：

> 长久的静默，我们凝望着
>
> 白昼熄灭的天空
>
> 我们的灵魂里发生了什么？
>
> 爱！爱！

题为《在树下》的诗更加详细地描述了这完全沉默的时刻：

他们走着,(……)停着,

说着,停顿着,在沉默中,

他们闭口不言,他们的灵魂

低语着。[23]

在 20 世纪,爱与沉默的联系成为主旋律。《追忆》的叙述者沉默地凝望着睡梦中的阿尔贝蒂娜,并无声地享受着这一切:"感到她已熟睡,(……)深思熟虑后,我无声地跃上床,挨着她睡下,用一只胳膊搂住她的腰,用嘴唇亲吻她的面颊和胸膛;随后,我将另一只空闲的手置于她身体的各个部位,我的手如珍珠般,随着阿尔贝蒂娜的呼吸起伏(……)她的呼吸声变得更为强烈,似是愉悦的喘息,而当我的喘息声停下来时,我便可以拥吻她了,且不会打断她的睡眠。"[24]我们可将房间的沉默与这一情感联系在一起,情书正是在这房间里写成的。

对爱情的沉默幻想也与我们的话题相关。圣-埃克苏佩里激动地描绘了一位少女,她为自己构建了一个由"恋人的思想、声音和沉默"[25]构成的殿堂。在阿尔贝·加缪的《局外人》中,玛丽与叙述者之间的爱情正是在沙滩的沉默中产生:"我拥抱了她。从这一刻起,我们没有再说话。"[26]在此之后,帕斯卡·基尼亚尔写道:"唯有沉默准许了对他者的凝望。"[27]

然而还有另一种爱情的沉默,维尼已向我们暗示过,即快感中的沉默,更广泛地说是性爱中的沉默,这构成了我们探讨对象的另一个侧面,现在我们应对其予以关注。对快感的期许、高潮和后续通常规定了一系列深邃的沉默。在18世纪色情文学的代表作家们看来,这种沉默体现在自慰,尤其是女性的自慰过程中,这使得男人激动不已。

因其特性,自慰过程中对快感的追求发生在一种具有特殊性质和味道的沉默中。鲁博医生列举了一个有着淋巴体质的年轻男人的案例,他"在性交过程中无法射精,只能在自慰中实现"。戴朗德医生举出了其他一些例子,即自慰者在客厅、在家人显著的沉默中手淫。"他们没有或几乎没有任何动作",但"在其举止、神态以及沉默中(……)有着某种异乎寻常的东西",临床医生注意到了这

皮埃尔·波纳尔《男人与女人》，1900

一点。"自慰者最终的激动感尤其不可能逃过某些警觉的目光。"[28]

1864年，阿尔弗雷德·德尔沃①的《现代情色词典》(*Dictionnaire érotique moderne*)强调了女人在达到性高潮时的迷醉状态。严格地说，这里所涉及的不再是有意识的沉默，而是由现今所谓的"小死亡"②所引发的沉默，这出现在女人两眼翻白时，即露出"白眼"时。[29]

巴尔贝·多尔维利在《绯红色的窗帘》中对快感的沉默进行了重点描述。女主人公阿尔贝特是一个极端沉默的存在。她的所有举动都诠释着其自始至终厚重的沉默，这沉默在性交中达至顶点。每天夜晚，"她靠在我胸前，始终保持着沉默，用极其微弱的声音同我说话"，叙述者这样说道，"她只是用长时间的搂抱回应着我。她忧伤的嘴唇保持着彻底的无言……除了亲吻！"与其他女人不同，在达到高潮时，"她一句话也不说"[30]。斯芬克斯一般的她"至多

---

① 阿尔弗雷德·德尔沃(Alfred Delvau，1825—1867)，法国记者、作家。

② "小死亡"(la petite mort)指意识的短暂丧失或减弱，现常用以形容达到性高潮后的感觉。

只挤出一个单音节词"。这样的情况持续了六个月。某天夜里,阿尔贝特"爱得比以往更为沉默。(……)透过她的拥抱,我听到了她。突然,我听不见她了。她不再用手臂将我揽至胸口,我以为她又像往常那样晕厥了过去(……)我对阿尔贝特淫逸的痉挛颇有经验"[31]。但这一次,她死了,呆滞,冰冷,仍与蓝色沙发上她的情人连接在一起,在房间骇人的沉默中。

后来,乔治·贝尔纳诺斯在其小说《维讷先生》中着重描绘了沉默的欲望,我们已于前文探讨过这部作品。贫穷且粗俗的两人结为夫妻:老德旺多姆(并不十分宽裕的地主)的女儿嫁给了偷猎者欧仁,欧仁在后来被指控杀死了农场的雇工。境况是没有希望的,然而,女人"仅从欧仁那里学会了某种刚强、粗野的沉默,这使她对他人怀有恻隐之心。如今,日日夜夜,只剩下这沉默,她这只温柔而又耐心的野兽,在沉默中休憩、蜷缩——这仅有的沉默。在它之外,一切都是暗淡或怯懦"[32]。这便是为何她接受在其居住的棚屋内与欧仁共赴黄泉。在枪声之后,"沉默与夜的高墙"筑起。[33]

作为爱之深沉的美妙见证，沉默有时也是爱之摧毁的象征。马塞尔·普鲁斯特写道："在阿尔贝蒂娜和我之间，通常有一种沉默的阻碍，该种沉默或许是由她未曾道出的怨言构成，因为她认为这些埋怨是无可挽回（……）、无法忘记、未曾言明的，但这也使得她的言语在我俩之间变得谨慎，间或存有无法逾越的沉默。"[34] 回到于斯曼小说《滞留》中那对虚构的夫妇。在贪婪而寡言的远方亲戚阴暗的住所中，长时间的居住使夫妻二人渐生隔阂。乡村通过沉默扼杀了爱情。此后，他们各自在孤独中酝酿关于未来的梦想，渴望配偶死去的沉默的梦想。夜里，为了不说话，他们假装入睡，这对夫妇已经无话可说。在离别之日，收留他们的两位老人也因雅克和露易丝的缄默而倍感窘迫。

沉默有着更为悲剧的效应：在莫里亚克的小说《苔蕾丝·德斯盖鲁》中，夫妇二人间不可沟通的沉默酿成了罪行。贝尔纳的沉默是苔蕾丝悲剧行为的主要原因。在两人之间，正是沉默禁止了"亲密无间的迷人爱恋"，将他们各自推往虚无。逐渐地，苔蕾丝感到自己将被沉默吞噬，被囚禁其中。这个女人生活中的沉默将她放逐至"其存在的阴暗面",而贝尔纳的沉默则构成了罪行的主要动机。[35]

在悲剧的主题上,维尼已将多洛里达对背叛她的男伴的戒备呈现给了读者。"多么漫长的沉默啊!"试图将其情人杀害的女人这样表示。[36]

在小说《草》(*L'Herbe*)中,克洛德·西蒙[①]描述了露易丝在浴室里被所谓的"老年人"强暴时的声音场景。在短暂的抵抗后,两个身体粗暴地跌入了"断续回荡的巨大声响中,在夜的沉默里(……)此后便是沉默了,它并未回流,可以说是完全坠入虚空之中,忽然呈现为某种绝对、不可抵御(如同成吨的沉默)且彻底的事物,直至(像是在坍倒的岩石下狡黠地渗透、穿行的泉水)那细微、繁多而广泛的雨滴声重新出现"[37]。

在小说中,夫妻间沉默的摧毁效应反映出某种社会现实,弗雷德里克·肖沃[②]在其《仇恨史》(*Histoire de la haine*)中详细地研究了这一点。这位历史学家长期关注

---

① 克洛德·西蒙(Claude Simon,1913—2005),法国新小说派代表作家,1985 年获得诺贝尔文学奖,代表作为《弗兰德公路》。

② 弗雷德里克·肖沃(Frédéric Chauvaud),普瓦提埃大学当代史教授,暴力、罪行史研究专家。

19 世纪的司法档案，他认为沉默是夫妻关系破裂的主要因素之一，正如呈现在大众面前的情况一样，两人之间存有恨意。"心怀恨意的夫妇"被"浸透的怨恨"破坏。即便其中大部分人都拒绝暴力，但他们都至少选择了长时间的"阴郁"。弗雷德里克·肖沃表示："沉默是凝重的，几乎毫无休止，像是一种不可见却又令人生畏的武器。"不与配偶说话，这是"表达仇恨，并将对方排斥在自我生活之外的方式"。然而，弗雷德里克·肖沃颇为幽默地表示，这种沉默时常矛盾地成为"一种确保夫妻关系长久的黏合剂，它比爱情更加有效"，恨之沉默有时会被社会习俗打破，因为人们始终想要树立好的形象。在公众面前，无论如何，夫妻都会对彼此说一些话，进行交流。然而，"当隔墙有耳时，他们又闭口不言，陷入深邃的沉默中"。弗雷德里克·肖沃还研究了沉默建立的来源。有时，仅仅是不和或是小的争执便会让恋人或夫妻突然彼此憎恨，并发自内心地发誓不再与对方说话。我们因此进入"顽固的仇恨中，每个人似乎都保有微不足道的怨言，为了得到一种仇恨而持久的沉默"[38]。

偏好爱德华·霍普画作的人都知道他对沉默的坚持，

这沉默诠释了男人和女人之间的距离,如其中一人在窗口远望另一人,或各自专注于自己的工作。很多观影者也都记得沉默这一皮埃尔·格拉尼耶-德弗莱①电影《猫》(*Le Chat*)的中心主题。由西蒙·西涅莱②和让·迦本③扮演的两位主人公诠释了沉默如何成为顽固仇恨的结果,或至少是某种显著的距离的结果。他们的态度证明了弗雷德里克·肖沃所说的:矛盾的是,这同样的沉默逐渐成为两人之间的黏合剂,或至少是某种默契。

①　皮埃尔·格拉尼耶-德弗莱(Pierre Granier-Deferre,1927—2007),法国电影导演,是少数反对新浪潮电影,坚持传统表现手法的导演之一。
②　西蒙·西涅莱(Simone Signore,1921—1985),法国演员,战后法国电影界的代表人物之一,曾获 1959 年奥斯卡最佳女主角奖。
③　让·迦本(Jean Gabin,1904—1976),法国演员,曾获威尼斯电影节和柏林电影节最佳男演员奖。

第九章

尾奏：沉默的悲剧

　　马克思·皮卡德写道："在沉默中，不只有有益、令人愉悦的沉默，也有出现于这沉默深处的黑暗、凶恶、可怖及敌对的因素，那是地狱、恶魔式的。"[1]

　　在西方历史上，最早由沉默引发的焦虑形式源于上帝，源于乔治·西蒙笔下所谓的"上帝沉默的浩瀚史诗"[2]。我们已谈论过两种伟大的沉默：《以斯拉四书》中强调的创世的沉默，以及《启示录》中天使揭开第七封印时漫长而庄严的沉默，后者令创造物陷入对圣言焦虑的等待中。此外，我们还在关于沉默话语的章节探讨过上帝的沉默，如果说《圣经》中的上帝——除了有关耶稣洗礼的章节——

以不明确的方式言说，他有时则是通过乌云、微风、气息以及一系列不显著的话语符号昭示其沉默的存在。东正派教徒认为上帝的沉默是超验的，是其自身天性的一部分，其在本质上是不可知的。最后，在17世纪的天主教法国，帕斯卡将其神学基于隐藏的上帝（Deus absconditus）的存在。在他看来，上帝坚定地隐藏自我，保持沉默，这于信徒而言是合理且有益的。上帝的隐匿提醒着人是有罪的。超验的存在应是不可理解、莫测高深的。十字若望则认为，上帝的沉默给予了人信仰或拒绝信仰的自由。在《灵歌》（Cantique spirituel）中，他提出的疑问"你藏身何处？"是爱的呼声。

然而，我们的探讨对象还具有另一面：上帝的沉默也被认知、感受为一种悲剧；他沉默的缺席是对其自身存在的质疑。此外，上帝的缺席也可被阐释为一种漠然，这一点自开始《旧约》编纂以来便持续激起愤怒。面对世间疾苦，面对某些自然灾害的恐惧，面对磨难与死亡，上帝的沉默难道不是其不存在的证据？甚至在最为虔诚的基督徒心中，上帝的沉默也给人以其不在场的印象，并不时引发信仰危机。

上帝的沉默所构成的丑闻激起了反叛的声音，这在《旧约》中有多处体现，皮埃尔·古朗日对此进行了详尽的梳理。约伯[①]对天主予以谴责，《诗篇》第22篇中写道，"我的神，我的神！为什么离弃我？为什么远离不救我？不听我唉哼的言语？我的神啊，我白日呼求，你不应允"。被钉在十字架上的耶稣后来也做出了同样的表述。在《诗篇》第28篇中，我们也能读到类似的怨言。在《箴言》中有这样的表述，"那时，你们必呼求我，我却不答应"。《哀歌》中也不乏上帝之语的缺席所激起的愤怒，上帝似乎是隐藏了起来，无视其子民的苦难。以赛亚[②]说道，"你实在是自隐的神"。

此外，在数个世纪中，最常被揭露的丑闻也是由上帝的沉默造成的，马太在有关耶稣受难的叙述中强调了这一点。在橄榄园中，使徒的沉默（睡眠）加剧了上帝的沉默，

---

① 约伯是亚伯拉罕诸教的一位先知，在巨大的灾难中失去了人生最珍贵的事物，并因此努力理解苦难的缘由。

② 以赛亚是《圣经·以赛亚书》中的主要人物，也被认为是该书的作者，是公元前8世纪的犹太先知。

十字架上的耶稣最终也报以怨言。正是这沉默在基督心中烙印下了焦虑与致命的创伤。皮埃尔·古朗日有理由表示,耶稣受难时上帝的沉默是所有《圣经》文字和关于上帝神秘性的质疑的"焦点"[3]。

这一持久性的问题在历史上被反复提出,在最伟大的圣人内心亦是如此,亚维拉的德兰,以及后来利雪的德兰[①]、特蕾莎修女都在其作品中表明了这一点。

在19世纪,维尼或许是将对上帝之沉默的愤怒表露得最为显著的人,但他并未将这缄默作为上帝不存在的证据:

> 在《圣经》的神圣花园里,
>
> 若真如上帝之子所言;
>
> 创造物的呼声唤来的是装聋作哑,
>
> 若上帝将我们如失败者般遗弃,

---

① 利雪的德兰(Thérèse de l'Enfant Jésus,1873—1897),本名玛利-弗朗索瓦丝·德肋撒·马汀,是一名法国赤足加尔默罗会修女,也是天主教会所宣列的圣人及教会圣师,被尊称为圣女圣婴耶稣与耶稣圣容德兰,也常被人尊称为"基督的小花",华人天主教会也多称之为小德兰或圣女小德兰。

> 正义之徒将以蔑视对抗缺席
>
> 仅用冰冷的无言
>
> 回应上帝永恒的沉默。[4]

这一《橄榄山》("Mont des Oliviers")中题为"沉默"的诗节并非完全准确,因为耶稣是在十字架上埋怨父亲的遗弃。在这里,维尼对上帝之沉默的回应是最为强烈的部分。他的回应并不是猛烈的反抗,而是彻底的蔑视。1859年,他重申,"像佛祖一样,对从来不言说的人施以沉默",而在 1862 年,他说,"永远不要谈论上帝,书写上帝。(……)用沉默回应他的沉默吧",同时也不要忘记这些未收录进诗作,却出自维尼之手的诗句,"无言的上苍全然不愿与我们言说",或"大司祭们,需留意,唯有沉默能回应天主那永恒的沉默"。[5]

隐藏的上帝从未打破沉默,并对人类予以蔑视,这一观念并不意味着上帝之死。在写《橄榄山》之前,工作间里的维尼设想了持怀疑态度的基督所言明的内容——"我是人之子,而非上帝之子",并对一切使命加以诅咒。即便如

贝尔特·莫里索《摇篮》，1872

此，维尼也并非尼采。

雨果在这一点上的感受更为模糊。他从未停止相信并希望上帝存在，却坚决对其沉默予以揭露。

> 可怖之人在夜空深处缄默。
>
> （……）
>
> 寡言的太空中无人应答。[6]

在题为《教士》（"Les Mages"）的诗中：

> 在我们顺从的种族前
>
> 天空缄默了，一言不发。
>
> 未知者保持着沉默。[7]

《新约》中另一种神秘的沉默令读者惊讶：耶稣的多次沉默。在有关奸妇的章节里，看到筹备中的石刑，耶稣缄默不语，并移开视线。这沉默与攻击者的喧哗形成了对照，却是有效的：耶稣给出了他的口谕，让每个人叩问自己的良心，而不必根据戒律要求进行赎罪。我们已经说过，这里的沉默是反应内在性的话语。的确，从相同的角度看，整部福音书都在沉默的背景中展开。

需再次重申，对于基督徒而言，上帝的沉默通常是一种苦难，是怀疑之途，是对信仰的质疑。维尼式的蔑视远非唯一的回应，对于很多人，尤其是在 19 世纪，上帝的沉默是其不存在的证明。在收录于《幻想集》（*Les Chimères*）的诗歌《橄榄山的基督》（"Le Christ aux Oliviers"）中，奈瓦尔并未使用"沉默"一词，却以其方式表明基督的祈祷未能得到回应。

（耶稣）大喊："不，上帝不存在！（……）

兄弟，我欺骗了你们，深渊！深渊！深渊！（……）

上帝没有了！上帝不在了！（……）

一切都死了！"

最后，耶稣呼喊道：

> 寻觅上帝之目，却仅望得一轮眼眶
>
> 空泛，漆黑而不见底；居于其中的夜啊
>
> 在愈渐迟滞的世界里闪光。[8]

这里的耶稣像是永恒的罹难者，一个崇高的疯子。

在《大教堂》中，于斯曼描写了芭瓦尔这一令人钦佩且谦逊的基督徒在面对上帝沉默时的痛苦。与杜尔塔勒同行时，她向后者倾吐了自己的焦虑：上帝不再回应其祷告，他自那时候起便缄默不语。"我既无谈话，也无念想。我听不见，也看不到。上帝缄默了。"[9]杜尔塔勒也因同类的痛苦而备受折磨，这种痛苦在他那里不是暂时性的："我们质问那无休止的沉默，却无一应答；我们等待，却无人前来；我们徒劳地向自己证明他是不可定义、不可理解、不可思考的，我们所有的理性都是徒然，我们无法不感到混乱，更无法不忍痛遭罪！"[10]

在 20 世纪，随着不信教人数的上升，上帝的沉默——

及其引发的不理解、怀疑、痛苦和愤怒——在文学中变得愈渐模糊。例如，为寻其踪迹，斯特凡·米肖①研究了三名当前时代的作家：保罗·策兰、伊夫·博纳富瓦和米歇尔·德吉②。根据他的结论，上帝的沉默在当代诗歌中有所缺失，这也无视或平息了我方才谈论的痛苦。大多数人不再追问隐藏的上帝的沉默是不是一种话语。总的来说，诗歌呈现出对文学与宗教间传统关联的摆脱与解除。因此，斯特凡·米肖认为在策兰的作品中，"沉默是震耳欲聋的，是彻底的缺失"，因为没有什么可以证明在人类的遭遇面前保持缄默的上帝的存在。[11]

然而，我们应更为细致地加以区分。菲利普·雅各泰对抹除宗教元素的意义进行了思考，他写道，"在这沉默或几近虚无的空间面前，我们应如何维系？"在他看来，诗人应"寻找一种言语，它极力诠释不可能性中的持续可能"，应"力图创造（……）关于缺失的颂歌"，成为"与空虚对话"

---

① 斯特凡·米肖(Stéphane Michaud,1944—　)，法国比较文学学者，巴黎新索邦大学名誉教授。

② 米歇尔·德吉(Michel Deguy, 1930—　)，法国诗人、翻译家，巴黎八大荣誉教授，法国文学期刊 *PO&SIE* 的主任。

的人。[12]

还有另一些事物使沉默的存在变得悲剧而痛苦，其令人压抑的一面不属于急躁、焦虑或宗教恐惧的形式。痛苦通常"在沉默中言说"，维尼写道。[13] 于斯曼强调了沉默赋予他的感官力量，这种力量存在于人内心最深处，产生于当我们决定"看向自己的内心，在令人恐惧的沉默中俯身于黑色洞窟"[14] 之时。应思考这存在于每个人身上的沉默恐惧，它如今决定着对沉寂和内在性的逃逸。

梅特林克以其惯常的敏锐揭示出对沉默的恐惧的诸多来源。由于其"阴暗之力"，我们感受到"一种对沉默，以及对其危险的游戏如此深重的恐惧"。我们在迫不得已时要承受那孤独的沉默，我们自身的沉默："但多数人的沉默，繁多的沉默，尤其是人群的沉默，是不可思议的重担，最为强大的灵魂也畏忌其难以言喻的重量。"这便是为何"我们用人生中大部分的时间去寻找没有沉默的地方。当两三个人相遇时，他们只是想驱逐那不可见的敌人"。梅特林克设问："有多少普通的友谊仅以对沉默的恨为根基？"[15]

菲力普・德・尚帕涅《勿忘你终有一死》，1671

　　许多杰出的作品都呈现出对沉默的诸多恐惧形式。我们在此做一个不完整的列举，可能会显得缺乏条理。之所以蛇会唤起如此多的不安并成为邪恶精神的化身，是因为它是一种极端沉默的生物；这正是弥尔顿所提出的。帕斯卡则以其为众人熟知的方式描绘了无限空间的沉默所引发的恐惧。瑟南古将沉默与烦恼紧密地联系在一起，他预见了一种颇为当代的观念。奥伯曼之所以离开某些地方，是因为"它们沉默的烦恼。它们的话语声在我看来不够响亮"。他说，"我们离开了城市的来往，围绕我们的沉默首先像是赋予了时间的延续以某种恒定、某种静止，这令习惯快节奏生活的人感到忧虑"[16]。在乡下，日子似乎比在别处更漫长。这里的沉默因严肃而令人畏惧。波德莱尔认为持久的沉默能营造出一种不安，例如周日的城市里，机器停止后的沉默。

　　30 年后，拜伦和维尼从另一个视角颂扬了斯多葛派沉默的悲剧英雄主义。维尼笔下的狼在沉默中死去，并传递出讯息，"往后，像我一样，沉默地忍受和死去吧"；因为"只有沉默是伟大的；其余一切都脆弱不堪"。[17]

在 20 世纪,圣-埃克苏佩里令读者感受到失事飞机的悲剧性沉默。他列举出所有将沉默与悲剧联系在一起的情绪,尤其是那些等待着或已迷途的飞机的人焦虑的缄默:"这沉默每分钟都在恶化,像一种致命的疾病。"[18]在同样的悲剧视角上,我们还应分析战争前夜的沉默,以及袭击前战壕中的沉默。

这正是朱利安·格拉克所笼统定义的"灾难的沉默",而且不要忘记在某些情况下夜晚的沉默所引发的恐惧,尤其对于孩童而言,在夜的静止与空虚面前,等待清晨阳光的登场。[19]

所有这一切都将我们引向一种不可抗拒:死亡临近的沉默,即病房、停尸房以及坟墓的沉默。乔治·罗登巴赫反复思考着沉默与疾病的亲缘关系。在题为《窗边病人》("Les maladies aux fenêtres")的诗中,他使病人们同时成为沉默的牺牲者与虔信者,他们能比其余人更好地参透沉默的本质。[20]凭借一种"沉默幻术",经由病人之途,声音的多样性在内部得以改变。沉默被施加于他,他将其引向消亡,但与此同时,这沉默也令他感受到自己最为崇高的尊严。[21]

马克思·皮卡德表示："被四处驱逐的沉默，似乎藏身在病人那里；它居住在那儿，像是在地下墓穴中。（……）疾病来袭，沉默跟随（……）沉默在今日是不祥的，因为它只存在于病患周围。"[22]

我们将列举两个有关临终之沉默的例子。贝尔纳诺斯笔下的维讷先生极为复杂，其临终时的沉默，正如我们已经看到的，是蜷缩的爬行动物，是避免被听闻的方式，是虚无的教导。维讷先生临终前的沉默也传授着如何效仿死亡；在死亡之外，什么也不存在。

在小说《维吉尔之死》（*La Mort de Virgile*）中，赫尔曼·布洛赫将大量篇幅用于描写临终的诗人思想中沉默的游走，以及"沉默内部的沉默"[23]的渐进。在书的第四部分，临终的沉默变得明确，作者写道："可听闻的部分再一次没入尚未听闻的事物中。（……）新的沉默建立起来——在声音缺失的沉默之外——那是第二种沉默，上升到更高平面的沉默，由那桌面般平整、温柔、光滑的波浪构成的沉默，如水之镜的投影，沉默在其上方扩散开来。"[24]自那时起，维吉尔感到被掩护于一种"恒定的沉默中，却已准备好被新的沉默吸收，成为更加显著的沉默"[25]。紧接着，作者自问道："它是处在虚无中，被一切内在性与外在性排斥在外吗？"[26]随后，圣言发出回响，爆裂开来，将宇宙瓦解、摧毁，在虚无之上翱翔，越过那可解释与不可解释的地带。书的最后一句写道："不可理解与形容的圣言超越了所有言语。"[27]这与贝玑的想法不谋而合，后者认为在天国的永恒之中不可能存有话语，因为话语只能载入时间。

我们所谓的"死亡的沉默"——马拉美[28]笔下的"咨嗇的沉默与无尽之夜"——只对活人有意义。相反，死后的世界由一系列沉默构成，它是死者的裹尸布，由回忆维系。首先便有了房间里的沉默，"有人在这房间里永远地缄默了"[29]，梅特林克表示。例如阿尔贝·加缪笔下"局外人"的母亲所卧的停尸房，养老院的寄宿者在此出入，"消沉、忧郁而寡言"[30]地站立。

此外，还应注意到死者熟悉的事物的沉默，例如热奈维耶芙·鲁塞尔的鲁特琴的沉默，其英年早逝在17世纪初深深触动了马莱布。悲伤地悬挂着，乐器慢慢"为尘土所覆",上面爬有一只蜘蛛,逐渐展开它"布满灰尘的网"[31]。

坟墓或许最能令人感受到死者的缄默所引发的情感,这种情感通过对死者声音的回忆得以强化。该主题在文学与造型艺术作品中屡见不鲜,我将仅以维克多·雨果为例。他关于沉默的深切感受与莱奥波尔迪娜[①]的死有关,被他称为"死亡那巨大而又深邃的沉默"[32]。"阴影之口"依然诉说着希望,一切都在宇宙中言说:

> 你是否相信,那覆满草与夜色的坟墓,
>
> 只是一种沉默?[33]

至于他对女儿的回忆:"噢! 我多少次说过:安静! 她说话了。"[34]

在《光与影》(*Les Rayons et les Ombres*)中,情况则截然相反。哥哥欧仁·雨果逝世时,诗人思考着死者所听闻的事物,思考那可以打破坟墓之沉默的声音:

---

① 莱奥波尔迪娜·雨果(Léopoldine Hugo,1824—1843),小说家、诗人,雨果的长女。

你将仅听得那草与荆棘,

掘墓人的脚步,令土地颤动,

成熟的果实落下! 偶尔散落于空间中的歌声,

来自那牧夫,他走入原野,

穿过老墙![35]

让我们以最强烈、最为悲剧性的沉默来结束这本书:地球灭亡时的沉默,当地球在沉默中解体,那将是"万籁皆寂的日子",维尼如是说。关于这一点,应读一读《世界尽头》("Solvet seclum"),勒贡特 · 德 · 李勒《野蛮诗集》(*Poèmes barbares*)中的一首诗:

折磨、罪行、悔恨、绝望的呜咽,

人类的精神与肉体啊,有一天你们终会沉默!

一切都将沉默,上帝、国王、苦工与卑劣的人,

监狱与城市刺耳的轰隆,

森林、山岳和大海的野兽,

那于这地狱里飞翔的、跳跃的、爬行的，

所有颤抖的、逃亡的，所有残杀和猎食的，

从烂泥里碾碎的蚯蚓，

到深夜中游走的闪电！

大自然在刹那间令声响断绝。

这一切将发生在"愚蠢、盲目、充斥着末日呼号的地球（……）奋力用其古老而痛苦的外壳冲撞某片静止的宇宙之时"。那时，它将"用其剩余的污秽来灌溉那人潮翻涌的田野"。[36]

勒贡特·德·李勒忽略了创世大爆炸及其声响，忽略了处于扩张和收缩中的宇宙，但他或许以最好的方式呈现了我们的星球不可避免的消亡，以及其残骸中那悲剧性的沉默。

阿诺德·勃克林《死亡之岛》,1878

译后记

　　当我沉默着的时候,我觉得充实;我将开口,同时感到空虚。

——鲁迅《野草》

　　作为法国当代表征史研究专家,阿兰·科尔班热衷于对新型史料的采撷与释读。他保持着一贯的敏感与细腻,擅于从自然和情感世界中洞悉历史的真相,从其研究对象中便可见一斑:气味、海水、钟声、草木、愉悦……这一次,科尔班将目光投向了一个更为隐秘、深邃且尤具诱惑力的场域:沉默。沉默不只是安静:安静是一种表象,是话语的缺失，沉默则是一种情绪，是体悟式或策略性的；安静之人往往是天性使然，沉默者则怀抱某种目的，尽管他或许并不自知。随着声音革命的兴起，沉默日渐式微，却并未消失殆尽，它仍停留于自然界的某个角落，或是潜进文字里，没入画像中。科尔班引导读者走向过去，追忆过往之人体验和感知沉默的方式，继而挖掘沉默的丰饶之力。译文已毕，略有几点体悟，关于作品，关于翻译，也关于沉默本身。

史与诗

从基本体制和写作动机上看，历史与诗似乎总是相悖的，或至少是各有所重。此处的"诗"并非狭义上的诗歌，而是指向亚里士多德《诗学》中的广义之诗。20 世纪末以来，法国的表征史研究逐渐升温，成为"新史学"浪潮中不可忽略的一股建构力量。表征史学家批判年鉴学派对社会科学理念和方法的过度依赖，主体在严格而固化的结构中丧失了自由，研究对象也因此失去其"本真"。基于此，以科尔班为代表的学者强调"表征"（représentation）的重要性。法文中的 représentation 代表着艺术符号与相应现实间的联系,此种认知下的历史研究并不直面现实,而是尝试从现实的表征中汲取养分,经由表征的迂回触及更深层的现实内核,而这自然促使研究者广泛地将目光投向文学与艺术世界。《沉默史》一书的体量精巧,却有着超过三百处引注,其中文学作品占据绝大多数,读者可以读到一连串熟悉的名字:雨果、瓦莱里、波德莱尔、加缪、普鲁斯特、格拉克、里尔克、梭罗……与此同时,《圣经》与希腊神话中的形象、印象派与虚空派画师的笔触也点缀其中,这或许都与某些持惯性思维的读者的阅读期待有较大出入。科尔班在开篇即为自己辩护,"长久以来,历史都试图解释。但在情感世界面前,它也应该,或者说尤为应该令人感知"。科尔班的研究是浸入式的,不做多余的伦理或价值判断,而仅是呈现,调动感官,让历史自行发声。

但显然,即便充满"诗情"与"画意",这也并不是一部文学史或艺术批评著作。作为一种符号,"表征"必然指向一个更抽象、更纯粹、更真实的本体,科尔班所关注的并非诗之本身,而是诗的背后更为广阔的现实世界。传统的历史研究者力图直抵现实,以求历史的真实性与可追溯,变动不居的诗是他们所畏惧的成分。然而，现实是否可被直接触及？剥离表征的历史是否必然具有更多的真实性？科尔班有意模糊了现实与想象的边界，在《沉默史》中，主体的沉默淀积在环境的沉默里，投射在客体的沉默中，读者自感迷失于感官世界，成为沉默的俘虏，而这也正是科尔班的目的所在。至此，历史不再是刻板、僵化的既死之物，主体的感官与生命介入其中，参与沉默史的建构（抑或解构）。在这一点上，表征史并不比社会史缺乏真实性。

此处我尝试援引惠特曼《草叶集》中题为《给一个历史学家》的一则小诗，或许能在某种层面上与我们的主题有所呼应：

> 你这个表彰过去事迹的人，
>
> 你探索了各个民族的外部和表面，那已经展现了自己的生活，
>
> 你把人看作政治、集团、统治者和僧侣的奴才，
>
> 我，阿勒格尼山脉的一个居民，我把他当作他本人看待，一个有他自己权利的人，

按摩着那自身很少揭示过的生活的脉搏,(人对
自己的巨大的自豪感,)

我是个性的歌手,勾画着未来的图形,

我设计的是未来的历史。①

沉默的动态性及其面向

为洞悉表征背后社会体制的生成与变迁,厘清情感与
现实之间的逻辑脉络,表征史倾向于关注某一既定时代人
类的集体选择。科尔班注意到,沉默之于古人是一种裨
益,他们善于感知沉默,挖掘其蕴含的话语力量,并使之转
化为良策。然而,随着现代化进程的推进,声音图景已发
生了深刻变化,人类开始制造出越来越多不同种类、节奏
与调式的声音,使之成为丰盛物质世界的组成部分,这一
集体选择挤压了沉默空间,使其愈发狭窄。外部空间的变
化催生了某些更为内在的改变。关于古人对沉默的策略
性应用,科尔班所引述的《廷臣论》中的例子颇为典型:在

---

① 惠特曼著、赵萝蕤译,《草叶集》,上海:上海译文出版社,1991 年,第 13 页。

宫廷内，沉默不只是一种戒律，更是廷臣提升道德与智识、赢得他人赏识的策略；即便某人愚钝不已，在沉默的庇护下，他都能成为别人眼中的智者。然而，回到当前时代，该种沉默策略似乎并不始终奏效，甚至可能相反地制造阻碍。越来越多的人倾向于主动表达，通过话语的流动传递自身诉求，另一部分人则陷入无休止的"内卷"中，后者并不比前者缺乏言说的欲望。策略性的沉默变得鲜见，因为保持沉默即可能意味着被忽略，意味着价值损失，甚至在极端情况下被视为某种神经官能症的表征。

现代人似乎陷入了一个难以解除的矛盾：悉知沉默的禅益，却畏惧被其妨害。为何在当前时代追忆沉默？如何为沉默及其价值进行重新定位？这是《沉默史》一书旨在解决的核心问题。基于对人类感官以及部分沉默"律令"的历时性考证，科尔班提出了一个颇具创造性的观点："沉默及其带来的禅益只是一种间歇性的需求，取决于时间和地点"。在我看来，这是全书的点睛之笔，遗憾的是科尔班并未进一步展开论证，我们可尝试将其解读为沉默的"动态性"。法国语言学家埃米尔·本维尼斯特（Émile Benveniste)曾强调话语所具备的动态性:"所有人都以独特的方式创造着他们当下的语言,每次都有所不同。在一生中的每一天向某人道早安,每一次都是一种新的创造。"①同样,随着外部环境改变,沉默的内涵与价值也处于不断的更新与嬗变之中,过去的某些益处或被新近的制度消释,新的沉默面向却得以拓展。基于此,一劳永逸式的定性思考将是徒劳,唯有于动态中把握沉默的质地与构造,明确其价值面向,我们才能够悉知并利用其中更甚于话语的精神力量,才得以经由沉默——如科尔班所说的——成为自我。

"静水"在任何时代都可"流深",它们只是流往了不同方向。

关于翻译

科尔班是世界范围内被译介最多的史学家之一,其作品具有广泛的受众,这与他专注于感官和情感世界的探索

---

① Benveniste, Émile. *Problèmes de linguistique générale*. Paris: Gallimard, 1974, p.19.

不无关系。历史不应成为古董店里的风雅之物，历史研究不仅需要"向上提炼"，也需要"向下兼容"，科尔班的作品无疑正彰显出这种兼容性。翻译科尔班的作品是一种愉悦，因为译者极少能在一项翻译工作中同时享有史学的视野与诗学的浪漫。但与此同时，这种愉悦也是沉重的：如何处理著者所引述的大量背景不同、风格各异的诗性文字？如何把握引文与科尔班本人创作风格间的联系与差异？身为译者，即使某部作品仅被援引了一词一句，我也尽可能地尝试了解原作的基本内容与整体风格，忠实于其中沉默的内涵与品性。至于那些力不能及的，或许也仅能报以沉默。

感谢恩师刘云虹教授在翻译方面给予的宝贵指导，感谢南京大学出版社编辑付裕细致而富有想象力的编撰工作。

胡陈尧

2021 年于四川成都

注　释

第一章　沉默与地点的私密

1. Paul Valéry, *Tel quel*, dans *Œuvres*, Paris, Gallimard, coll. «Bibliothèque de la Pléiade», t. II, 1960, p. 656-657.

2. Max Picard, *Le Monde du silence*, Paris, PUF, 1954, p. 4.

3. Jules Barbey d'Aurevilly, *Un prêtre marié*, dans *Romans*, Paris, Gallimard, coll. «Quarto», présentation de Judith Lyon-Caen, 2013, p. 889.

4. Georges Rodenbach, *Bruges-la-Morte*, Paris, Garnier-Flammarion, 1998, p. 193.

5. Julien Gracq, *Le Rivage des Syrtes*, Paris, José Corti, 2011.

6. Vercors, *Le Silence de la mer*, Paris, Le Livre de poche, 1994, p. 20.

7. *Ibid.*, p. 33.

8. *Ibid.*, p. 43.

9. *Ibid.*, p. 48.

10. Paul Claudel, *L'œil écoute*, dans *Œuvres en prose*,

Paris, Gallimard, coll. «Bibliothèque de la Pléiade», 1965, p. 2740.

11. Michelle Perrot, *Histoire de chambres*, Paris, Seuil, coll. «La librairie du XXIᵉ siècle», 2009, p. 87 *sq.*

12. Charles Baudelaire, *Le Spleen de Paris*, dans *Œuvres complètes*, Paris, Gallimard, coll. «Bibliothèque de la Pléiade», 1954, p. 292-293 et 316.

13. Joris-Karl Huysmans, *À rebours*, Paris, Gallimard, coll. «Folio classique», présentation de Marc Fumaroli, 1983, p. 142-143.

14. Voir Michelle Perrot, *Histoire de chambres*, *op. cit.*, p. 119 et 255.

15. Walt Whitman, *Feuilles d'herbe*, Paris, José Corti, 2008, p. 267.

16. Rainer Maria Rilke, *Les Cahiers de Malte Laurids Brigge*, Paris, Seuil, coll. «Points», 1966, p. 43.

17. *Ibid.*, p. 71.

18. *Ibid.*, p. 158-159.

19. Marcel Proust, *Du côté de chez Swann*, dans *À la recherche du temps perdu*, Paris, Gallimard, coll. «Bibliothèque de la Pléiade», 1954, p. 127 et 49-50.

20. Jules Barbey d'Aurevilly, «Le rideau cramoisi», *Les Diaboliques*, dans *Romans*, *op. cit.*, p. 939.

21. Victor Hugo, «Regard jeté dans une mansarde», dans *Les Rayons et les Ombres*, Paris, Gallimard, coll. «Poésie», 1964, p. 259.

22. *Ibid.*, p. 262-263.

23. Émile Zola, *Le Rêve*, dans *Les Rougon-Macquart*, Paris, Gallimard, coll. «Bibliothèque de la Pléiade», t. IV, 1966, p. 902.

24. Jules Verne, *Une fantaisie du docteur Ox*, Paris, Gallimard, coll. «Folio», 2011, p. 17-18.

25. Georges Bernanos, *Monsieur Ouine*, Paris, Le Livre de poche, 2008, p. 49.

26. *Ibid.*, p. 50.

27. *Ibid.*, p. 51.

28. *Ibid.*, p. 307.

29. *Ibid.*, p. 310-312 et 329.

30. Patrick Laude, *Rodenbach. Les décors de silence*, Bruxelles, Labor, 1990, p. 71 et 79.

31. Max Picard, *Le Monde du silence, op. cit.*, p. 55.

32. Georges Rodenbach, *Le Règne du silence*, Charpentier 1891. Toutes les citations qui précèdent et qui suivent sont extraites de Georges Rodenbach, *Œuvre poétique*, Paris, Mercure de France, dont le *Règne du silence*, t. 1, Archives Karéline, 2008, p. 77, 271, 183, 188-189, 191 et 216.

33. Max Picard, *Le Monde du silence, op. cit.*, p. 89.

34. Safia Berhaim, «Acheminement vers la parole. Le cinéma de Philippe Garrel», *Vertigo. Esthétique et histoire du cinéma* : «Le silence», n° 28, été 2006.

35. Max Picard, *Le Monde du silence, op. cit.*, p. 82-83.

36. *Ibid.*, p. 131.

37. Joris-Karl Huysmans, *Les Foules de Lourdes*, Paris, Plon-Nourrit, 1911, p. 228.

38. Joris-Karl Huysmans, *La Cathédrale*, Clermont-Ferrand, Éditions Paléo, 2009, p. 82.

39. *Ibid.*, p. 99-100 et 434.

40. *Ibid.*, p. 190.

41. *Ibid.*, p. 86.

42. Senancour, *Oberman*, Paris, Garnier-Flammarion, 2003, p. 101-102.

43. Julien Gracq, *Le Rivage des Syrtes, op. cit.*, p. 71, 35, 32 et 223.

第二章　大自然的沉默

1. Maurice de Guérin, *Le Cahier vert*, dans *Œuvres complètes*, Paris, Classiques Garnier, 2012, p. 22 et 72.

2. Leconte de Lisle, «Dies Iræ», dans *Poèmes antiques*, Paris, Gallimard, coll. «Poésie», 1994, p. 294.

3. Stéphane Mallarmé, «L'azur», dans *Poésies*, Paris, Garnier-Flammarion, 1989, p. 59.

4. Henry David Thoreau, *Journal, 1837-1861*, présentation de Kenneth White, Paris, Denoël, 2001, p. 31.

5. *Ibid.*, p. 32.

6. *Ibid.*, p. 115.

7. *Ibid.*, p. 97.

8. Henry David Thoreau, «Histoire naturelle du Massachusetts», dans *Essais*, Marseille, Le Mot et le Reste, 2007, p. 39.

9. Henry David Thoreau, *Walden ou la vie dans les bois*, Paris, Gallimard, coll. «L'imaginaire», 1990, p. 142.

10. Max Picard, *Le Monde du silence, op. cit.*, p. 106, 84 et 87.

11. Nicolas Klotz, *Vertigo* : «Le silence», *op. cit.*, p. 89-91.

12. Jean Breschand, *ibid.*, p. 91 et 93.

13. Joubert, *Carnets*, 2 vol., Paris, Gallimard, 1994.

14. Maurice de Guérin, *Le Cahier vert, op. cit.*, p. 91.

15. François René de Chateaubriand, *Génie du christianisme*, Paris, Gallimard, coll. « Bibliothèque de la Pléiade », 1978, p. 566.

16. Victor Hugo, « Pleurs dans la nuit », dans *Les Contemplations*, LGF, 2002, p. 408.

17. Walt Whitman, *Feuilles d'herbe, op. cit.*, p. 273 et 91.

18. Georges Rodenbach, *Œuvre poétique, op. cit.*, p. 93.

19. Gaston Bachelard, *La Poétique de l'espace*, Paris, PUF, 1957, p. 206.

20. Marcel Proust, *Du côté de chez Swann, op. cit.*, p. 127.

21. Paul Valéry, *Tel quel, op. cit.*, p. 656.

22. Paul Valéry, *Mauvaises pensées et autres, ibid.*, p. 860.

23. Philippe Jaccottet, *La Promenade sous les arbres*, Lausanne, La Bibliothèque des arts, 2009, p. 120-121.

24. *Ibid.*, p. 59 et 66.

25. François René de Chateaubriand, *Itinéraire de Paris à Jérusalem*, Guy Barthélemy, « L'Orient par l'oreille », Colloque sur Chateaubriand, 9 décembre 2006, études-romantiques.ish-lyon.cnrs.fr, p. 4.

26. *Ibid.*, p. 7.

27. *Ibid.*, p. 21.

28. Sur tous ces points, voir Guy Barthélemy, *Fromentin et l'écriture du désert*, Paris, L'Harmattan, 1997.

29. Guy Barthélemy, « Le Désert ou l'immatérialité de Dieu, une variation lamartinienne sur le motif

de la "caravane humaine"», colloque international sur Lamartine, Gertrude Durusoy (éd.), Izmir, 2004, p. 112-113.

30. *Ibid.*

31. *Ibid.*

32. Guy Barthélemy, *Fromentin et l'écriture du désert, op. cit.*, p. 61.

33. *Ibid.*, p. 62.

34. Eugène Fromentin, *Un été dans le Sahara*, dans *Œuvres complètes*, Paris, Gallimard, coll. «Bibliothèque de la Pléiade», 1984, p. 54.

35. *Ibid.*, p. 123.

36. Gustave Flaubert, *Voyage en Égypte*, édition et présentation de Pierre-Marc de Biasi, Paris, Grasset, 1991, p. 64-70.

37. Antoine de Saint-Exupéry, *Terre des hommes*, Paris, Gallimard, 1939, p. 83.

38. Antoine de Saint-Exupéry, *Courrier Sud*, Paris, Gallimard, 1929, p. 36.

39. *Ibid.*, p. 151.

40. Cité par Claude Reichler, *La Découverte des Alpes et la question du paysage*, Genève, Georg, 2002, p. 71.

41. Senancour, *Oberman, op. cit.*, p. 274 et 289.

42. *Ibid.*, p. 349.

43. *Ibid.*, p. 349-350.

44. *Ibid.*, p. 378 et 380.

45. *Ibid.*, p. 410 et 414.

46. *Ibid.*, p. 163, 176 et 421.

47. John Muir, *Célébrations de la nature*, Paris, José Corti, 2011, p. 52.

48. Georges Rodenbach, *Œuvre poétique, op. cit.*, p. 290 et 113.

49. Émile Zola, *Une page d'amour*, dans *Les Rougon-Macquart, op. cit.*, p. 1084.

50. Platon, *Euthydème*, dans *Œuvres complètes*, Paris, Gallimard, coll. «Bibliothèque de la Pléiade», t. I, 1950, p. 601.

51. Jules Michelet, *La Montagne*, Plan-de-la-Tour, Éditions d'aujourd'hui, coll. «Les introuvables», 1983, p. 277.

52. *Ibid.*, p. 279 et 126.

53. François René de Chateaubriand, *Génie du christianisme, op. cit.*, p. 874.

54. Joseph Conrad, *La Ligne d'ombre*, Paris, Garnier-Flammarion, 1996, p. 143.

55. *Ibid.*, p. 151.

56. *Ibid.*, p. 162 et 163.

57. Albert Camus, «La mer au plus près. Journal de bord», dans *L'Été*, Paris, Gallimard, 1959, p. 120.

58. Albert Camus, «Retour à Tipasa», dans *L'Été*, Paris, Gallimard, coll. «Folio», 2014, p. 162-163.

59. Max Picard, *Le Monde du silence, op. cit.*, p. 106.

60. François René de Chateaubriand, *Voyages*, dans *Œuvres complètes*, Paris, Furne, t. VI, 1832, p. 60.

61. *Ibid.*, p. 61.

62. *Ibid.*, p. 113.

63. Henry David Thoreau, «Une promenade en hiver», dans *Essais, op. cit.*, p. 87 et 94-95.

64. Victor Hugo, «À un riche», dans *Les Voix intérieures*, Paris, Poésie/Gallimard, 1964, p. 192.

65. Sully Prudhomme, «Silence et nuit des bois», dans *Les Solitudes*, cité par Émile Moulin, *Le Silence. Étude morale et littéraire*, Montauban, Forestié, 1885, p. 73.

66. John Muir, *Célébrations de la nature*, *op. cit.*, p. 252.

67. Robert Walser, *La Promenade*, cité par Antoine de Baecque, *Écrivains randonneurs*, Paris, Omnibus, 2013, p. 832.

68. Ann Radcliffe, *Les Mystères d'Udolphe*, Paris, Gallimard, coll. «Folio classique», 2001, p. 56.

69. François René de Chateaubriand, *René*, dans *Atala. René. Le Dernier Abencerage*, Paris, Gallimard, coll. «Folio classique», 1971, p. 144-145.

70. Guy Thuillier, *Pour une histoire du quotidien au XIXᵉ siècle en Nivernais*, Paris, EHESS, 1977.

71. Victor Hugo, «À Olympio», dans *Les Voix intérieures*, *op. cit.*, p. 225.

72. Victor Hugo, «Aux arbres», dans *Les Contemplations*, *op. cit.*, p. 229.

73. Jules Barbey d'Aurevilly, *L'Ensorcelée*, dans *Romans*, *op. cit.*, p. 380 et 398.

74. Jules Barbey d'Aurevilly, *Un prêtre marié*, *op. cit.*, p. 894.

75. Georges Rodenbach, *Bruges-la-Morte*, *op. cit.*, p. 130.

76. Georges Rodenbach, *Œuvre poétique*, *op. cit.*, p. 222.

77. *Ibid.*, p. 226.

78. Honoré de Balzac, *Béatrix*, dans *La Comédie*

humaine, Paris, Gallimard, coll. «Bibliothèque de la Pléiade», t. II, 1976, p. 640, 642, 644, 655, 659 et 678.

79. Honoré de Balzac, *Le Curé de Tours*, *ibid.*, t. IV, p. 183 et 185.

80. Nicole Mozet, «Introduction», *ibid.*, p. 175.

81. Jules Barbey d'Aurevilly, *Le Chevalier Des Touches*, dans *Romans*, *op. cit.*, p. 533.

82. Julien Gracq, *Le Rivage des Syrtes*, *op. cit.*, p. 321-322.

83. Pierre Sansot, *Du bon usage de la lenteur*, cité par Antoine de Baecque, *Écrivains randonneurs*, *op. cit.*, p. 786.

84. François René de Chateaubriand, *Génie du christianisme*, *op. cit.*, p. 884 et 890.

85. Max Picard, *Le Monde du silence*, *op. cit.*, p. 126 et 128-129.

86. François René de Chateaubriand, *Vie de Rancé*, Paris, Le Livre de poche, 2003. À ce propos, cf. Alain Corbin, «Invitation à une histoire du silence», dans *Foi, fidélité, amitié en Europe à l'époque moderne. Mélanges offerts à Robert Sauzet*, Paris, Publications de l'université de Tours, t. II, 1995, p. 301-311.

87. Victor Hugo, «À l'arc de triomphe», *Les Voix intérieures*, *op. cit.*, p. 160.

第三章　沉默的问寻

1. Baltasar Álvarez, cité par Giulia Latini Mastrangelo, «Le silence, voix de l'âme», dans *Le Silence en littérature.*

De Mauriac à Houellebecq, Paris, L'Harmattan, 2013, p. 119.

2. Louis de Grenade, *De l'oraison et de la considération*, Paris, 1863. Sur l'histoire de l'art de méditer, cf. Marc Fumaroli, *L'École du silence. Le sentiment des images au XVIIᵉ siècle*, Paris, Flammarion, coll. «Champs», 1998, notamment p. 234-237.

3. Maurice Giuliani, «Écriture et silence. À l'origine des *Exercices spirituels* d'Ignace de Loyola», dans *Du visible à l'invisible. Pour Max Milner*, Paris, José Corti, t. II, 1988, p. 112.

4. Ignace de Loyola, *Exercices spirituels, précédés du Testament*, Paris, Arléa, 2002, p. 54.

5. *Ibid.*, p. 195.

6. *Ibid.*, p. 208 et 255.

7. Thérèse d'Avila, Jean de la Croix, *Œuvres*, Paris, Gallimard, coll. «Bibliothèque de la Pléiade», 2012, p. 773.

8. *Ibid.*, p. 774.

9. *Ibid.*, note, p. 1033.

10. Gérald Chaix, «Réforme et contre-Réforme catholiques. Recherches sur la chartreuse de Cologne au XVIᵉ siècle», *Analecta cartusiana*, nº 80, Salzbourg, 1981, t. 1, p. 67.

11. *Ibid.*, p. 410-411.

12. Bossuet, «Troisième exhortation aux ursulines de Meaux», dans *Œuvres oratoires*, Paris, Desclée de Brouwer, t. 6, 1894, p. 252-253.

13. *Ibid.*, p. 246.

14. *Ibid.*, p. 242.

15. *Ibid.*, p. 246.

16. *Ibid.*, p. 241.

17. Bossuet, «Seconde exhortation aux ursulines de Meaux», *ibid.*, p. 230.

18. *Ibid.*, p. 231.

19. *Ibid.*, p. 232.

20. Bossuet, «Second panégyrique de saint Benoît», dans *Œuvres*, Paris, Gallimard, coll. «Bibliothèque de la Pléiade», 1961, p. 560.

21. Bossuet, «Premier panégyrique de saint Benoît», *ibid.*, p. 298.

22. Bossuet, «Panégyrique de saint Bernard», *ibid.*, p. 270.

23. *Ibid.*, p. 271.

24. Bossuet, «Méditation sur le silence», dans *Œuvres oratoires, op. cit.*, p. 365-366.

25. *Ibid.*, p. 366.

26. *Ibid.*, p. 367.

27. *Ibid.*, p. 371 et 377.

28. *Ibid.*, p. 378.

29. *Ibid.*, p. 381.

30. François René de Chateaubriand, *Vie de Rancé, op. cit.*, p. 220.

31. Sur les vanités, voir le très beau catalogue *Les Vanités dans la peinture au XVIIe siècle*, Caen, musée des Beaux-Arts, 1990; en ce qui nous concerne particulièrement, voir Alain Tapié, «Décomposition d'une méditation sur la vanité» et «Petite archéologie du vain et de la destinée», ainsi que Louis Marin, «Les traverses de la vanité».

32. Mireille Lamy, «Marthe ou Marie? Les francis-cains entre action et contemplation», dans *Le Silence du cloître. L'exemple des saints, XIVᵉ-XVIIᵉ siècle*, Clermont-Ferrand, université Blaise-Pascal, 2011, p. 63.

33. *Ibid., passim.*

34. *Écrits spirituels de Charles de Foucauld*, Paris, J. de Gigord, 1951, p. 120.

35. *Ibid.*, p. 135.

36. *Ibid.*, p. 182.

37. *Ibid.*, p. 220.

38. *Ibid.*, p. 235.

39. *Ibid.*, p. 258.

40. Michel Laroche, *La Voie du silence. Dans la tra-dition des Pères du désert*, Paris, Albin Michel, 2010, p. 86. Cet ouvrage est fort précieux dans la mesure où il explique clairement les linéaments de la théologie ortho-doxe concernant le silence.

41. Margaret Parry, «Le monastère du silence ou la recherche du Verbe», dans *Le Silence en littérature, op. cit.*, à propos de Charles du Bos pour lequel «la langue de l'âme est le silence», p. 49.

42. Senancour, *Oberman, op. cit.*, p. 64.

43. Cité par Jean-Pierre Reynaud, «La rose des ténèbres. Transparence et mystère chez Maeterlinck», dans *Du visible à l'invisible, op. cit.*, p. 135 et 143.

44. Thierry Laurent, «Le silence dans l'œuvre de Patrick Modiano», dans *Le Silence en littérature, op. cit.*, p. 61.

第四章　沉默的习得与纪律

1. Maurice Maeterlinck, *Le Trésor des humbles*, Bruxelles, Labor, 1986, p. 20.

2. *Ibid.*, p. 15.

3. François René de Chateaubriand, *Génie du christianisme, op. cit.*, p. 912.

4. Alain, *Propos*, Paris, Gallimard, coll. «Bibliothèque de la Pléiade», t. II, 1970, 20 novembre 1927, p. 716.

5. Jean-Noël Luc, «L'invention du jeune enfant au XIXᵉ siècle. De la salle d'asile à l'école maternelle (1826-1887)», thèse d'État, université Paris I Panthéon-Sorbonne, 1994.

6. Baronne Staffe, *Règles du savoir-vivre dans la société moderne*, Paris, Victor-Havard, 24ᵉ éd., 1891.

7. Thierry Gasnier, «Le silence des organes», mémoire de maîtrise, EHESS, 1980.

8. Marie-Luce Gélard (dir.), *Corps sensibles. Usages et langages des sens*, Nancy, Presses universitaires de Nancy, 2013, p. 78-79 et 87. Voir aussi Rudy Steinmetz, «Conceptions du corps à travers l'acte alimentaire aux XVIIᵉ et XVIIIᵉ siècles», *Revue d'histoire moderne et contemporaine*, XXXV-1, 1988, p. 3-35.

9. Alain Corbin, «Le mot du président», *1848, révolutions et mutations au XIXᵉ siècle* : «Le silence au XIXᵉ siècle», année 1994, p. 16.

10. Olivier Balaÿ, Olivier Faure, *Lyon au XIXᵉ siècle. L'environnement sonore de la ville*, Grenoble, Cresson/Centre Pierre-Léon, 1992.

11. *Le Cas des cloches. Soumis par Nadar à M. le*

ministre des Cultes (– puisqu'il y en a encore un…) et à tous les maires, conseillers municipaux, députés et même sénateurs, Chambéry, Ménard, 1883.

12. Luigi Russolo, *L'Art des bruits* [1916], Lausanne, L'Âge d'homme, 1975.

13. H. Hazel Hahn, *Scenes of Parisian Modernity. Culture and Consumption in the Nineteenth Century*, New York, Palgrave/Macmillan, 2009.

14. Esteban Buch, «Silences de la Grande Guerre», dans *Entendre la guerre. Sons, musiques et silences en 14-18*, Paris, Gallimard/Historial de la Grande Guerre, 2014. Nous empruntons à ce bel article l'essentiel de ce qui figure dans le paragraphe ainsi que les citations.

15. Alain Corbin, *Les Filles de noce*, Paris, Flammarion, coll. «Champs Histoire», 1982, *passim*.

第五章　间奏：若瑟与拿撒勒或绝对的沉默

1. *Écrits spirituels de Charles de Foucauld, op. cit.*, p. 135.

2. Charles de Foucauld, *Nouveaux écrits spirituels*, Paris, Plon, 1950, p. 31.

3. *Ibid.*, p. 49.

第六章　沉默的话语

1. Cité par Pascal Quignard, voir Nadia Jammal, «La quête de ce qu'on a perdu dans *La Leçon de musique* et

Tous les matins du monde de Pascal Quignard», dans *Le Silence en littérature*, *op. cit.*, p. 219.

2. Maurice Maeterlinck, *Le Trésor des humbles*, *op. cit.*, p. 16-17.

3. Gabriel Marcel, dans Max Picard, *Le Monde du silence, op. cit.*, préface, p. XII-XIII.

4. Max Picard, *ibid.*, p. 8-10 et 20.

5. Pierre Emmanuel, *La Révolution parallèle*, Paris, Seuil, 1975.

6. Jean-Marie G. Le Clézio, *L'Extase matérielle*, Paris, Éditions du Rocher, 1999.

7. Pascal Quignard, *Le Vœu du silence*, Paris, Galilée, 2005, introduction.

8. Sandra Laugier, «Du silence à la langue paternelle : Thoreau et la philosophie du langage», dans *Henry D. Thoreau, Les Cahiers de l'Herne*, 1994, p. 153 *sq*. Sandra Laugier analyse, dans cette perspective, le *Tractatus logico-philosophicus* de Wittgenstein.

9. Kierkegaard, *Papiers*, cité par Pierre Coulange, *Quand Dieu ne répond pas. Une réflexion biblique sur le silence de Dieu*, Paris, Cerf, 2013, p. 207.

10. Pierre Coulange, *ibid.*, p. 162.

11. *Ibid.*, p. 164.

12. Victor Hugo, «Ce que dit la bouche d'ombre», dans *Les Contemplations, op. cit.*, p. 507-508 et 520.

13. Victor Hugo, «Pleurs dans la nuit», *ibid.*, p. 520.

14. Maurice Maeterlinck, *Le Trésor des humbles*, *op. cit.*, p. 16.

15. *Ibid.*, p. 18.

16. Maurice Merleau-Ponty, *Signes*, cité par Nina

Nazarova, *Le Silence en littérature*, *op. cit.*, introduction, p. 7.

17. Pascal Quignard, *La Leçon de musique* et *Tous les matins du monde*, cités par Nadia Jammal, «La quête...», *op. cit.*, p. 219 et 225.

18. Max Picard, *Le Monde du silence, op. cit.*, p. 65.

19. Eugène Delacroix, *Journal 1822-1863*, Paris, Plon, 1980, p. 476-477.

20. Paul Claudel, *L'œil écoute, op. cit.*, p. 173, 179 et 189.

21. *Ibid.*, p. 196, 203 et 253.

22. *Ibid.*, p. 332.

23. Paul Claudel, *Conversations dans le Loir-et-Cher*, «Aegri somnia», *ibid.*, p. 891.

24. Marc Fumaroli, *L'École du silence, op. cit.*, p. 191.

25. Formule de Paul Claudel citée *ibid.*, p. 194.

26. *Ibid.*, p. 195-196.

27. *Ibid.*, p. 237.

28. Joris-Karl Huysmans, *La Cathédrale*, *op. cit.*, p. 166-167.

29. Yves Bonnefoy, *L'Inachevable. Entretiens sur la poésie*, Paris, Albin Michel, 2010, p. 267-268 et 270.

30. Marc Fumaroli, *L'École du silence, op. cit.*, p. 359.

31. *Ibid.*, p. 518.

32. Anouchka Vasak, *Météorologies. Discours sur le ciel et le climat, des Lumières au romantisme*, Paris, Champion, 2007, p. 464-465.

33. *Le Symbolisme en Europe*, exposition au Grand Palais, 1976, p. 141. Ce catalogue est essentiel pour notre propos. Les œuvres énumérées y figurent.

34. Giulia Latini Mastrangelo, «Le silence, voix de l'âme», *op. cit.*, p. 117.

35. Federico García Lorca, «Le silence», *ibid.*, p. 116.

36. Maurice Blanchot, *L'Espace littéraire*, cité par Georges Simon, «La transcendance du silence chez Sylvie Germain», *ibid.*, p. 103-104.

37. François Mauriac, cité par Claude Hecham, «Le silence et la littérature dans les œuvres autobiographiques de François Mauriac», *ibid.*, p. 329.

38. Cf. Michael O'Dwyer, «Le leitmotiv du silence dans *Thérèse Desqueyroux*», *ibid.*, p. 23.

39. Gaston Bachelard, *La Poétique de l'espace*, *op. cit.*, p. 164.

40. Cité par Patrick Laude, *Rodenbach*, *op. cit.*, p. 15-16.

41. Nina Nazarova, *Le Silence en littérature*, *op. cit.*, introduction.

42. Paul Vecchiali, *Vertigo* : «Le silence», *op. cit.*, p. 94.

43. Thomas Salvador, *ibid.*, p. 83.

44. Alain Mons, «Le bruit-silence ou la plongée paysagère», dans Jean Mottet (dir.), *Les Paysages du cinéma*, Seyssel, Champ Vallon, 1999, p. 244 et 246.

第七章　沉默的策略

1. Jean-Étienne Pierrot, *Dictionnaire de théologie morale*, t. 32, 1862, article «Silence», et Émile Moulin, *Le Silence*, *op. cit.*, p. 59-60.

2. Baldassare Castiglione, *Le Livre du courtisan*, Paris, Garnier-Flammarion, 1991, p. 132 et 162.

3. Baltasar Gracián, *L'Homme de cour*, précédé d'un essai de Marc Fumaroli, Paris, Gallimard, coll. «Folio classique», 2010, maxime XLII, p. 326, maxime CXVII, p. 394, maxime CXLI, p. 417.

4. À ce propos, voir le texte fondamental de Marc Fumaroli, «La conversation», dans Pierre Nora (dir.), *Les Lieux de mémoire*, Paris, Gallimard, t. III, *Les France*, vol. 2, *Traditions*, 1992, p. 679-743.

5. Baltasar Gracián, *L'Homme de cour*, *op. cit.*, maxime XI, p. 301, maxime CLIX, p. 432, maxime CLXXIX, p. 447, et la présentation de Marc Fumaroli.

6. *Ibid.*, p. 556-557.

7. Marc Fumaroli, «Essai sur l'homme de cour», *ibid.*, p. 225.

8. François de La Rochefoucauld, *Œuvres complètes*, Paris, Gallimard, coll. «Bibliothèque de la Pléiade», 1964, p. 413.

9. Mme de Sablé, *Maximes*, dans *Moralistes du XVIIᵉ siècle. De Pibrac à Dufresny*, préface de Jean Lafond, Paris, Robert Laffont, coll. «Bouquins», 1992, p. 250.

10. M. de Moncade, *Maximes et réflexions*, *ibid.*, p. 940.

11. Jean de La Bruyère, *Les Caractères*, *ibid.*, p. 780.

12. Charles Dufresny, *Amusements sérieux et comiques*, *ibid.*, p. 1001.

13. Abbé Dinouart, *L'Art de se taire*, préface d'Antoine de Baecque, Paris, Payot, 2011, p. 36. Ce qui suit doit beaucoup à cette préface.

14. Émile Moulin, *Le Silence*, *op. cit.*, p. 19.

15. Abbé Dinouart, *L'Art de se taire*, *op. cit.*, p. 35, 68-69 et 72.

16. Émile Moulin, *Le Silence*, *op. cit.*, p. 21-27.

17. Senancour, *Oberman*, *op. cit.*, p. 223.

18. Benjamin Constant, *Adolphe*, dans *Œuvres*, Paris, Gallimard, coll. «Bibliothèque de la Pléiade», 1957, p. 17.

19. Eugène Delacroix, *Journal*, *op. cit.*, p. 476-477.

20. Bernard Masson, «Flaubert, écrivain de l'impalpable», dans *Du visible à l'invisible*, *op. cit.*, p. 57, cite l'article de Gérard Genette, «Silences de Flaubert», dans *Figures I*, Paris, Éditions du Seuil, 1966.

21. Paul Valéry, *Choses tues*, dans *Œuvres*, *op. cit.*, p. 488 et 492.

22. Julien Gracq, *Le Rivage des Syrtes*, *op. cit.*, p. 309.

23. Émile Zola, *La Terre*, dans *Les Rougon-Macquart*, *op. cit.*, p. 732.

24. Yvonne Crebouw, «Dans les campagnes : silence quotidien et silence coutumier», *1848, révolutions et mutations au XIXe siècle* : «Le silence au XIXe siècle», *op. cit.*, p. 51-61. Cet article est essentiel sur le sujet.

25. Henry David Thoreau, *Les Forêts du Maine*, *op. cit.*, p. 123.

26. Sylvain Venayre, «Les grandes chasses», dans *Histoire de l'émotion*, Paris, Seuil, t. 2, à paraître.

第八章　从爱之沉默到恨之沉默

1. Maurice Maeterlinck, «Le silence», dans *Le Trésor des humbles, op. cit.*, p. 16-17.

2. *Ibid.*, p. 20-21.

3. *Ibid.*, p. 21.

4. *Ibid.*, p. 22.

5. *Ibid.*

6. Maurice Maeterlinck, «Emerson», *ibid.*, p. 80.

7. Jean Paul, cité par Maurice Maeterlinck, «La vie profonde», *ibid.*, p. 146.

8. Georges Rodenbach, *Œuvre poétique, op. cit.*, p. 139.

9. *Ibid.*, p. 277.

10. Max Picard, *Le Monde du silence, op. cit.*, p. 69, 71 et 98.

11. Baldassare Castiglione, *Le Livre du courtisan, op. cit.*, p. 296.

12. *Ibid.*, p. 307.

13. *Ibid.*, p. 308.

14. *Ibid.*, p. 310.

15. Cité par Michelle Perrot, *Histoire des chambres, op. cit.*, p. 103.

16. Pascal, *Discours sur les passions de l'amour*, cité par Émile Moulin, *Le Silence, op. cit.*, p. 36-37.

17. Benjamin Constant, *Adolphe*, dans *Œuvres, op. cit.*, p. 76.

18. Benjamin Constant, *Cécile, ibid.*, p. 138.

19. *Ibid.*, p. 162.

20. Senancour, *Oberman, op. cit.*, p. 294 et 296.

21. Alfred de Vigny, «La Maison du berger», *Les Destinées*, dans *Œuvres complètes*, Paris, Gallimard, coll. «Bibliothèque de la Pléiade», t. I, 1986, p. 121.

22. *Ibid.*, p. 127.

23. Victo Hugo, *Les Contemplations, op. cit.*, p. 129 et 139.

24. Marcel Proust, *La Prisonnière*, Paris, Gallimard, coll. «Folio classique», 1989, p. 64.

25. Antoine de Saint-Exupéry, *Terre des hommes, op. cit.*, p. 57.

26. Albert Camus, *L'Étranger*, Paris, Gallimard, 1942, p. 56.

27. Pascal Quignard, *Vie secrète*, Paris, Gallimard, 1998, p. 86.

28. Cité par Alain Corbin, *L'Harmonie des plaisirs. Les manières de jouir du siècle des Lumières à l'avènement de la sexologie*, Paris, Perrin, 2008, p. 135 et 160.

29. Alfred Delvau, *Dictionnaire érotique moderne*, Bâle, 1864, p. 231.

30. Jules Barbey d'Aurevilly, «Le rideau cramoisi», *op. cit.*, p. 941.

31. *Ibid.*, p. 944.

32. Georges Bernanos, *Monsieur Ouine, op. cit.*, p. 139.

33. *Ibid.*, p. 212.

34. Marcel Proust, *La Prisonnière, op. cit.*, p. 95.

35. Michael O'Dwyer, «Le leitmotiv du silence dans *Thérèse Desqueyroux*», *op. cit.*, p. 20 et 19.

36. Alfred de Vigny, «Dolorida», *Poèmes antiques et modernes*, dans *Œuvres complètes, op. cit.*, p. 61.

37. Claude Simon, *L'Herbe*, Paris, Éditions de Minuit, 1986, p. 169-170.

38. Frédéric Chauvaud, *Histoire de la haine. Une passion funeste, 1830-1930*, Rennes, Presses universitaires de Rennes, 2014, p. 174 et 177.

第九章　尾奏：沉默的悲剧

1. Max Picard, *Le Monde du silence, op. cit.*, p. 31.

2. Georges Simon, «La transcendance du silence chez Sylvie Germain», *op. cit.*, p. 107.

3. Pierre Coulange, *Quand Dieu ne répond pas, op. cit.*, p. 24.

4. Alfred de Vigny, «Le mont des Oliviers», *Les Destinées, op. cit.*, p. 153.

5. Voir Jean-Pierre Lassalle, «Vigny et le silence de Dieu», dans *Alfred de Vigny*, Paris, Fayard, 2010, p. 388.

6. Victor Hugo, «Horror», dans *Les Contemplations*, *op. cit.*, p. 460-461.

7. *Ibid.*, p. 490.

8. Gérard de Nerval, *Les Filles du feu, Les Chimères et autres textes*, Paris, Le Livre de poche, 1999, p. 369 et 370.

9. Joris-Karl Huysmans, *La Cathédrale, op. cit.*, p. 320.

10. *Ibid.*, p. 367.

11. Stéphane Michaud, «L'absence ou le silence de Dieu dans la poésie contemporaine : Celan, Bonnefoy, Deguy», *Études*, 2011, p. 509.

12. Philippe Jaccottet, « Dieu perdu dans l'herbe »,
Éléments d'un songe, dans *Œuvres*, Paris, Gallimard, coll.
« Bibliothèque de la Pléiade », 2014, p. 325-327.

13. Alfred de Vigny, « Le Malheur », *Poèmes antiques
et modernes, op. cit.*, p. 64.

14. Joris-Karl Huysmans, *La Cathédrale, op. cit.*,
p. 88.

15. Maurice Maeterlinck, « Le Silence », *op. cit.*, p. 17.

16. Senancour, *Oberman, op. cit.*, p. 274 et 404.

17. Alfred de Vigny, « La mort du loup », *Les
Destinées, op. cit.*, p. 145.

18. Antoine de Saint-Exupéry, *Terre des hommes,
op. cit.*, p. 33.

19. Cf. Philippe Jaccottet, *La Promenade sous les
arbres, op. cit.*, p. 121. Julien Green, dans plusieurs de ses
romans, est revenu sur le thème de la terreur nocturne
provoquée par le silence.

20. Georges Rodenbach, *Œuvre poétique, op. cit.*

21. Patrick Laude, *Rodenbach, op. cit.*

22. Max Picard, *Le Monde du silence, op. cit.*, p. 170-
171.

23. Hermann Broch, *La Mort de Virgile*, Paris,
Gallimard, coll. « L'imaginaire », 1955, p. 404.

24. *Ibid.*, p. 401.

25. *Ibid.*, p. 412.

26. *Ibid.*, p. 436.

27. *Ibid.*, p. 438-439.

28. Stéphane Mallarmé, « Toast funèbre à Théophile
Gautier », *Poésies, op. cit.*, p. 82.

29. Maurice Maeterlinck, «Les Avertis», dans *Le Trésor des humbles, op. cit.*, p. 40.

30. Albert Camus, *L'Étranger, op. cit.*, p. 19.

31. François de Malherbe, «Larmes du sieur Malherbe», dans *Œuvres*, Paris, Gallimard, coll. «Bibliothèque de la Pléiade», 1971, p. 5.

32. Victor Hugo, «On vit, on parle...», dans *Les Contemplations, op. cit.*, p. 290.

33. Victor Hugo, «Ce que dit la bouche d'ombre», *ibid.*, p. 508.

34. Victor Hugo, «Oh! je fus comme fou...», *ibid.*, p. 280.

35. Victor Hugo, *Les Rayons et les Ombres, op. cit.*, p. 409 (poème au verso du faire-part de décès d'Eugène Hugo).

36. Leconte de Lisle, «Solvet seclum», dans *Poèmes barbares, op. cit.*, p. 294.

致　谢

感谢法布里斯·达尔梅达(Fabrice d'Almeida)对本书细致的编辑工作,以及西尔维·丹特克(Sylviele Dantec)对手稿的录入。

Histoire du silence
by Alain Corbin
© Editions Albin Michel-Paris 2016
Simplified Chinese translation copyright © 2021 by NJUP
Current Chinese translation rights arranged through Divas International，Paris
迪法国际版权代理（www.divas-books.com）
All rights reserved.

江苏省版权局著作权合同登记　图字：10-2018-549号

图书在版编目（CIP）数据

沉默史：从文艺复兴到现在 /（法）阿兰·科尔班
著；胡陈尧译. —南京：南京大学出版社，2021.5(2023.3重印)
　　ISBN 978-7-305-24260-1

　　Ⅰ. ①沉… Ⅱ. ①阿… ②胡… Ⅲ. ①散文集-法国
-现代 Ⅳ. ①I565.65

中国版本图书馆 CIP 数据核字(2021)第 040245 号

出版发行　南京大学出版社
社　　址　南京市汉口路22号　　　　邮　编 210093
出 版 人　金鑫荣
书　　名　**沉默史：从文艺复兴到现在**
著　　者　[法]阿兰·科尔班
译　　者　胡陈尧
责任编辑　付　裕
照　　排　南京紫藤制版印务中心
印　　刷　徐州绪权印刷有限公司
开　　本　787×1092　1/32　印张 7.375　字数 102 千
版　　次　2021 年 5 月第 1 版　2023 年 3 月第 2 次印刷
ISBN　978-7-305-24260-1
定　　价　58.00 元

网　　址　http://www.njupco.com
官方微博　http://weibo.com/njupco
官方微信　njupress
销售咨询　025-83594756